Lúcia Bettencourt

# A secretária de Borges

CONTOS

Vencedor do Prêmio Sesc de Literatura 2005

2ª edição

EDITORA RECORD
RIO DE JANEIRO • SÃO PAULO
2023

CIP-Brasil. Catalogação-na-fonte
Sindicato Nacional dos Editores de Livros, RJ

Bettencourt, Lúcia

B466s     A secretária de Borges / Lúcia Bettencourt – 2ª ed.
2ª ed.    – Rio de Janeiro: Record, 2023.

ISBN: 978-85-01-07351-8

1. Conto brasileiro. I. Título.

CDD: 869.93
06-1557               CDU: 821.134.3(81)-3

Copyright © 2006, Lúcia Bettencourt

Todos os direitos reservados. Proibida a reprodução, armazenamento ou transmissão de partes deste livro, através de quaisquer meios, sem prévia autorização por escrito.

Texto revisado segundo o Acordo Ortográfico da Língua Portuguesa de 1990.

Direitos exclusivos desta edição reservados pela
EDITORA RECORD LTDA.
Rua Argentina, 171 – Rio de Janeiro, RJ – 20921-380 – Tel.: (21) 2585-2000.

Impresso no Brasil

ISBN 978-85-01-07351-8

Seja um leitor preferencial Record.
Cadastre-se no site www.record.com.br e receba informações sobre nossos lançamentos e nossas promoções.

Atendimento e venda direta ao leitor:
sac@record.com.br

Dedicar meu primeiro livro ao meu marido foi uma coisa que sempre contei fazer. Queria oferecer-lhe os frutos que ele tanto ajudou a cultivar. Sabia que os olhos dele se iluminariam de alegria pelo meu gesto, e que ele me beijaria, agradecido, sem dizer nada, ou talvez murmurando baixinho "minha Luzinha", cheio de orgulho. Todas as histórias que aqui estão foram contadas, primeiro, para ele, nas nossas mais de dez mil e uma noites de amor.

Então:

Ao Guilherme, meu amado, e aos seus toques, que tanto me fazem falta. Ao Guilherme, meu companheiro, e ao seu sorriso, que iluminava minha vida. Ao Guilherme, no silêncio, minhas palavras e meu pranto.

Aos meus filhos, minha melhor obra.
A Rachel, jardineira fiel.
Às proustianas, estímulo e exemplo.

# Sumário

A secretária de Borges    *11*

Herodíades    *23*

O divórcio    *31*

Toques    *39*

Minha avó dançava charleston    *45*

O inseto    *51*

4%    *73*

Segredos da carne    *79*

A cartomante    *89*

Trilogia telefônica    *97*

Os três últimos dias de Marcel Proust    *113*

Verão    *125*

Perfeição    *129*

Caindo em tentação    *135*

Sossega, Leão!    *141*

Sessão espírita    *147*

Tatuado no braço    *165*

# A secretária de Borges

Não sei quando ela descobriu que eu já não enxergava mais. Nem mesmo eu havia me apercebido disso direito, olhava para as páginas dos livros e ainda julgava que podia vê-las, lê-las, compreendê-las, e ela, sabendo a verdade, já arquitetava seu plano.

Meu processo de distanciamento dos livros durou muitos anos. Sentia-me, no entanto, cada vez mais próximo deles. Lia cada dia menos, mas, como trabalhava numa biblioteca, podia senti-los, cheirá-los, manuseá-los diariamente. Meus subordinados estranhavam as longas horas de meu turno, mas, se o dia e a noite se confundiam na penumbra que me tomava, não importava que a hora fosse manhã ou madrugada. Eu me deixava ficar na companhia dos meus amigos e comprazia-me com suas encadernações de couro, luxuosas, ou me comovia com a simplicidade de suas capas de cartolina, envolvendo tesouros dos mais sublimes. Conhecia-os desde sempre, acredito. Depois que aprendi a ler, o que houve foi um reconhecimento. A apresentação já havia sido feita, talvez numa vida passada, talvez no Limbo original. Pensava que comungava com eles as histórias, e as que ali já se encontravam escritas eram irmãs das que ainda se continham em minhas idéias. As palavras publicadas clamavam por suas irmãs, pediam-lhes que se organizassem num exército invencível e saíssem da estreiteza do meu cérebro para virem batalhar, por escrito, no mundo. O aforismo "publicar ou perecer" tomava um novo sentido e uma nova urgência.

Conhecia cada livro por seu cheiro, suas dobras, seu peso. Não precisava ler o título do volume para reconhecer o turbilhão da *Comédia* de Dante, conhecida como divina, mas muito mais comovente em sua humanidade. Segurava-a, reverente, e meus nervos sentiam a excitação dos impulsos que a haviam criado: as decepções, as crenças, as humilhações e as pequenas vinganças que libertavam seu autor para a beleza, a perfeição. Percebia o quanto de superstição a permeava, e imaginava a figura sisuda de Dante como um maníaco obsessivo, saindo em suas caminhadas e dobrando sempre à direita, para evitar a assustadora sinistra, e sua possibilidade do mal.

Quando roçava nos volumes empoeirados de Proust, já o ar me faltava, e sentia-me ofuscado com a luminosa sonoridade de suas palavras reverberando nos vitrais de uma catedral. E, se passava próximo ao *Quixote*, sentia-me atraído pelo calor de sua fantasia, e sempre me achegava para sentir o odor do bom vinho barato das tascas, e escutar um pouco da música dedilhada nas guitarras e das risadas sacudidas do povo.

Conhecia também os volumes de filosofia que exalavam um aroma misto de lógica e loucura. Nietzsche sempre parecia acompanhado de tambores e címbalos, num ritual pagão que se perpetuava. Spinoza, Sartre, Platão, todos eles possuíam características próprias que me permitiam reconhecê-los desde longe, do outro lado das prateleiras onde se acomodavam, mas em que nunca dormiam. Não existem livros mais insones que os filosóficos... Dos mais obscuros aos mais célebres, dos mais populares aos mais sofisticadamente eruditos, a todos podia reconhecer sem erro.

Prescindia da visão até mesmo para lê-los. Acompanhava os textos de cor, sem saber que estava lendo apenas com os olhos da memória. E foi por isso que custei tanto a perceber minha cegueira, que se manifestou na escrita, e não na leitura, como seria de se esperar. Se eu fosse como os macacos da experiência, e tivesse me habituado a escrever à máquina, teria composto as obras-primas mundiais e reescrito não apenas o *Quixote*, mas a *Bovary* e o *Gilgamesh*, tudo dentro das minhas *Mil e uma noites*. No entanto, só conseguia escrever usando caneta e papel, e assim foi que nada pode ser reescrito, e tive que rodear em volta destas obras, alinhavando temas e idéias, aproximando distâncias e ajustando perspectivas que retirava dos livros amados.

Foi por não conseguir escrever que precisei dos serviços dela. Ela, porém, já trabalhava comigo havia algum tempo. Discreta e indistinta são os dois adjetivos que gostaria de utilizar para descrevê-la, mas já há muito que abri mão de todas as descrições. Posso apenas contar o acontecido, ainda que seja desta estranha forma, sussurrando coisas neste microfone, conectado a fitas magnéticas que preservarão, por um determinado tempo, enquanto uma tempestade solar mais intensa não resolva destruí-las, minha voz, minhas angústias e minhas incertezas.

Quando ela assumiu as tarefas de secretária, fazia as coisas que não desejávamos fazer: organizar contas e arquivos, atender ao telefone, encher canetas com tinta e dividir o dia em fatias para atividades necessárias. Na verdade, ela trabalhava para minha mãe que, já doente, sentia dificuldade em responder as cartas dos editores, lidar com exigências bancárias e domésticas. Mulher extraordinária, minha mãe até providenciou uma esposa que pudesse ocupar seu lugar, mas a secretária foi ficando e, após o desaparecimento de minha mãe, herdei-a, como se herda um móvel de família. Ela sempre foi uma pessoa calada, e sua presença se denunciava não pela agitação do ar ou por ruídos próprios, mas pela viscosidade do silêncio que sempre a rodeava, e pela materialidade da calmaria que ela impunha.

Acredito que ela já havia percebido a minha cegueira antes mesmo que esta se manifestasse. Então, artesã matematicamente precisa, geômetra da vida, preparou-se para o dia em que, vencido, a chamei para um primeiro ditado. Uma carta banal. Depois, um assunto urgente e mais complicado. Aos poucos, transformou-se em parte do meu sistema. Escrever, sem ela, me era impossível. Por mais rápido que eu pronunciasse as palavras, ou por mais devagar que eu as gotejasse, seu texto nunca se enganava, e ela se apressava em relê-lo com sua voz espectralmente serena, tranqüilizando-me.

Ela me treinou bem. Já não mais a sentia como uma presença estranha, ela era apenas parte do sistema, comparável à tinta da caneta. Essencial, mas sem importância intrínseca. Cumpria suas funções, e eu confiava nela. O primeiro deslize ocorreu, provavelmente, sem que eu me apercebesse. Uma palavra inócua, trocada por um sinônimo. Risca-se "palavra" e escreve-se "vocábulo". Alguma diferença? Em princípio nem eu mesmo notava. Até porque ela sempre foi sábia e dona de inegável bom gosto. E nunca teria feito uma mudança que ferisse a música própria de minha composição. O ritmo sempre se manteve, o que ia mudando, sem que nem eu mesmo me desse conta, de início, era uma nuance.

Um dia percebi uma palavra trocada. E só percebi porque, na véspera, ficara descontente com minha própria frase.

Antes de proferi-la, como era meu costume, deixara que seu som ecoasse em minha mente, uma, duas, várias vezes, mas sempre meu cérebro tropeçara no mesmo ponto, na mesma palavra de tom levemente pedante e desusado, que me descontentara. Cansado, capitulei e, resignado, aceitei a palavra insistente. No dia seguinte, como era de seu costume, ela releu o último parágrafo para que eu pudesse reencontrar o ritmo e reiniciar o processo criativo. Em vez da frase estropiada, porém, havia em seu lugar uma sentença fluida e sinuosa, uma perfeição serena. Minha respiração faltou por um instante; ela notou minha surpresa, mas manteve sua calma e aguardou que eu me manifestasse. Covarde, calei-me. Afinal, ela melhorara minha obra, polira uma aresta, aperfeiçoara. Calei-me, e continuei calando nas outras vezes. As correções se multiplicavam. E, a partir de certo momento, já não ocorriam apenas nos trechos que não me satisfaziam. Eu terminava um dia de trabalho, satisfeito com os resultados obtidos e, no dia seguinte, percebia que o que me havia deixado satisfeito já não existia, substituído por um texto invariavelmente melhor que o meu, mais novo, mais resplandecente, com uma qualidade de jóia polida e bem facetada, cuja arquitetura reproduzia a luz dos pensamentos expressos com mais contundência e intensidade.

Foi então que o verdadeiro jogo se iniciou. Com ousadia aumentada, a secretária mudou minha idéia central. Uma vez, duas vezes, todas as vezes. Como um deus brincalhão, passou a revocar os ditames da minha natureza e aparava os golpes com os quais eu pretendia ferir meus personagens. Ou expunha-os a golpes não planejados por mim. Se eu os condenava à morte, ela os salvava, mesmo que fosse para permitir-lhes compor uma epopéia inteira num tempo congelado, ao final do qual a bala disparada por mim atingiria fatalmente o coração do condenado. Se eu os salvava, ela os tornava estéreis e áridos, emudecidos.

O trabalho de composição deixou de ser fruto de minha vontade para ser o trabalho de duas inteligências antagônicas, que se preocupavam em ultrapassar uma à outra. O texto virou um tabuleiro de xadrez, onde cada um de nós tentava antecipar os possíveis movimentos do outro. Eu fechava uma porta, ela abria um corredor. Se eu enveredava por um caminho, ela abria uma bifurcação, e percebi que, agora, toda minha criação se orientava para escapar dos labirintos que ela me criava, e que meus textos nunca haviam sido tão complexamente simples. Enciumado, percebia que a qualidade do que produzia já não dependia de mim, mas do jogo em que me achava aprisionado. Irritado, parei de ditar. Não suportava a idéia do desafio que ela me propunha, queria silenciá-la, aniquilá-la. Só que, silenciando, eu também me aniquilava.

Tentei um subterfúgio: consegui um outro escriba, um discípulo que me admirava e que sempre se propunha a ler-me textos recém-publicados e a reler livros já muito ama-

17

dos. Os ditados ocorriam sem novidades, mas eram extremamente cansativos. Se eu mencionava uma das obras de minha biblioteca imaginária, tinha que lhe explicar que as páginas citadas só existiam nos volumes de meu próprio universo. Quando falava o nome de um detetive maldito, ou de um chefe de clã perseguido por sua sorte, precisava soletrar seus nomes, explicar a geografia de seus locais de nascimento, dar-lhes a genealogia exigida pela sofreguidão inquisitiva do escriba. E nada mudava, não havia mais surpresas inesperadas: se minhas palavras acaso se apresentavam de maneira opaca e sem vida, ninguém ousava poli-las e reagrupá-las; se minhas idéias se embotavam e aparentavam desgaste, não havia quem as espanejasse e arejasse. Precisava admitir que sentia falta dela, de seu silencioso labor, da teia em que ela me enredava e que, depois da estranheza inicial, passou a me estimular.

Chamei-a outra vez, e a secretária compareceu dócil. Ditei uma página, e ela a releu, serena. Escutei-a, tenso, aguardando as armadilhas que eu aprendera a valorizar, mas não havia mudanças notáveis. Na verdade, nenhuma modificação fora feita. Tentei compor frases desconexas, duras e sem ritmo, para forçá-la a reagir, mas nenhuma mudança, nenhuma correção se seguiu. Estremeci, fiquei desnorteado, não sabia o que fazer. Nosso jogo tinha sido sempre silencioso, tácito, em nenhum momento havíamos admitido que jogávamos. Resolvi aguardar, tão paciente como ela, esperando que nos próximos dias ela voltasse a colaborar em minhas composições. A secretária, no entanto, permaneceu impassível. Todos os dias eu aguardava, expectante, a leitura que ela faria do meu trabalho da véspera, aguardando suas judiciosas intromissões. O que eu ouvia, no entanto, era apenas o mesmo texto que pronunciara e que me parecia cada vez mais anêmico, cada dia mais confuso e, por que não dizer, senil. Desandei a fazer correções, nada me satisfazia e minhas histórias se ressentiam com tantas rasuras e emendas. Não tive coragem de interpelá-la, porém. Mantive-me silencioso e fui-me acabrunhando, ditando cada dia menos. Sabia que dessa maneira nunca conseguiria terminar o novo livro, mas nem o temor de encontrar-me com meu editor me motivava a compor novas histórias. Percebia, agora, que ela me era necessária, que suas mudanças me haviam viciado e que só desejava compor textos para vê-los mexidos, reordenados, dialogicamente trabalhados em labirintos cada vez mais complexos.

Essa situação já perdurava por alguns meses, quando recebi a visita do escriba que havia abandonado. Admirador exaltado, ele elogiava meu novo livro, tecia loas e fazia comentários quase ininteligíveis. Mas eu não sabia de nenhum livro novo, e tinha plena consciência de que minhas histórias estavam todas esfiapadas, esgarçadas, sem estrutura. Sabia que nenhum editor publicaria textos como aqueles, nem mesmo com a minha assinatura. Pensei que, desanimado com a demora de novas histórias, meu editor tivesse lançado uma reedição de obras antigas e já esgotadas, mas o escriba contestou-me. E ainda me garantiu que essas histórias eram o que de melhor eu já havia publicado. Exagerava, dizendo que nem Dédalo saberia compor labirintos mais sofisticados que os meus. Pedi-lhe, então, que me desse um exemplo do que tanto lhe agradava e ele leu-me um trecho de um conto. Senti-me transfigurado. Um misto de prazer e terror me invadiu. O conto era meu, mas eu nunca o havia escrito. Reconhecia minha idéia, um grão de idéia que havia lançado para minha secretária, mas aquele grão se transformara numa semente que brotara viçosa e se desenvolvera numa árvore frondosa e que eu desconhecia inteiramente, embora a soubesse parte de mim mesmo. A meu pedido o escriba continuou a leitura e acabou por ler todo um livro, de minha autoria, mas que eu sabia que jamais frutificaria através de mim. As histórias eram minhas, embora eu nunca as houvesse enunciado. O estilo era tão próximo do meu que eu mesmo tinha dificuldade em apontar as diferenças. Somente uma espécie de luminosidade, de brilho que cada palavra parecia desprender formava uma reverberação que, sabia, meus textos jamais tiveram.

Ela havia me usurpado totalmente. Prescindira de mim, e me negara até mesmo o jogo inicial da composição enxadrística. Não posso, nem quero, desmascará-la, pois com isso destruiria a mim mesmo. Além do mais, reconheço os textos como meus, e esses novos contos se casam e ampliam minhas obras do passado e lhes dão uma nova dimensão, novos significados. Sem minha produção atual, meus contos do passado quedariam truncados, inexplicados e inexplicáveis.

Tornei-me o autor mais festejado de meu país, sou um sucesso em vida e serei um clássico após a minha morte. Ela, no entanto, não passa de um fantasma. Depende de mim para ter seus textos publicados e ninguém acreditaria se, um dia, ela revelasse ser a verdadeira autora de meus livros. Sou Borges, o grande Borges, amado e reconhecido, admirado. Ela é uma secretária sem nome e sem presença, envolta num silêncio cada vez mais viscoso, que morrerá no mesmo instante em que eu fechar meus olhos para sempre. Cego e calado, sou eu quem resplandece inteiramente, e a observo consumir-se em minhas glórias. Após minha morte, ela não mais poderá usurpar minha voz, sob pena de revelar-se uma imitadora sem valor. Para conservar a obra que criou, precisará calar-se. E, para que ela desapareça para sempre, calo-me também, e hei de deixá-la emparedada para sempre no melhor labirinto que jamais se construirá: o do silêncio indiferente do Outro.

# Herodíades

Os últimos acordes se sustentavam no ar agitado pelos rodopios de seu corpo. Totalmente nua, os cabelos perfumados chicoteando seus ombros reluzentes de suor, ela parecia embriagada pelos próprios movimentos. O rei contemplava suas formas exuberantes com uma expressão cúpida, os lábios ligeiramente arreganhados e secos, os dentes à mostra, as pupilas dilatadas. As ricas túnicas que o cobriam disfarçavam sua rigidez, mas eu, que o conhecia tão bem, sabia que ele se impacientava com o latejar do sexo. Era preciso tomar uma providência imediata, então fiz sinal a uma escrava para que cobrisse o corpo de minha filha com o primeiro véu descartado por ela, o mais espesso, de tom mais escuro, para afastar dos olhos reais o brilho de sua carne ainda virgem.

O rei saiu de seu trono, contrariado. Estendeu as mãos para os seios de Salomé, mas seus olhos encontraram os dela e ele estacou, sabendo que primeiro havia que cumprir sua promessa. Os dedos do rei se curvavam, antecipando o formato dos seios, sentindo, à distância, a sedosa firmeza de seus mamilos. Com a língua, ele umedeceu os lábios ressecados pela respiração intensa e ansiosa. Eu observava tudo, mantendo-me à distância, mas ainda sentindo o controle da situação. Encarei minha filha pela primeira vez depois de sua dança, e só então percebi que o jogo começava a mudar de mãos. Os olhos de Salomé não olhavam diretamente para o rei, nem mesmo para mim. Eles estavam olhando para algum lugar muito distante, ou muito próximo, focados dentro de si mesmos.

Esperei por um instante interminável até que minha filha dissesse aquilo que havíamos combinado. E ela fez o pedido, nem uma palavra a mais ou a menos, pediu a cabeça do profeta mendigo, do louco desvairado que proclamava meu casamento com o rei inválido e indecente. Minha filha pediu a recompensa com sua voz rouca como as areias do deserto onde o mendigo clamava. E sublinhou seu pedido com um gesto expressivo, passando sua mão pelo próprio pescoço, rápida, definitiva, e com isso provocando a queda de um pedaço do véu com que a escrava a envolvera. Ela deixou-se ficar em pé, em frente ao rei, alta e esguia como uma palmeira, exibindo um seio nu como uma fruta madura.

O rei recuou. Havia mais de dois anos que eu vinha pedindo a mesma coisa, e recebendo em troca mais uma

24

tiara, outro corte de seda, cofres de ouro cheios de perfume, tecidos tão diáfanos e preciosos que valiam mais que os impostos devidos a César. Foi com esses tecidos que mandei envolver o corpo de minha filha, que nesses últimos anos se fizera mulher. Foi com os óleos preciosos que recebi em troca de meu desejo que mandei untar os cabelos e o corpo de Salomé. E fui eu mesma quem desenhou seus olhos com os pós egípcios e quem traçou em suas palmas e nas plantas de seus pés os símbolos mais poderosos para serem mostrados durante a dança. Fui eu quem segredou, todos os dias e todas as horas dos dias, o mal que aquele mendigo fazia a ela, ao prejudicar a mim, sua mãe, única amiga que ela possuía no mundo.

Ciente de que nada conseguiria com Herodes, que já possuía meu corpo, dedicava-me a criar meu mais perfeito instrumento de vingança. Cada instante que eu passava separada de Herodes era dedicado a seu aperfeiçoamento. Eu lhe ensinava a andar, a dançar, a falar com a voz suave mas poderosa das mulheres do deserto, que precisam superar o silêncio das dunas e a violência dos ventos. Eu velava pela integridade de seu corpo, fazia-lhe massagens com minhas próprias mãos, e ensinava a ela os segredos de seu próprio ser. Foram as minhas mãos que lhe desenharam o talhe, foram meus os lábios que moldaram suas curvas. Era eu quem fazia soar os címbalos e os tamborins para que ela dançasse. E era pelo ritmo de minhas palmas que seus pés tocavam o solo, e pelo frenesi de minha respiração que ela sacudia os quadris e o ventre.

Mais de dois anos preparando esta noite. Tudo corria como planejado, exceto pelo olhar de Salomé. Seu rosto suado se mantinha sombrio, como durante a dança. As sobrancelhas espessas se uniam sobre o nariz e escureciam seu olhar, fixo em um ponto fora do meu alcance. Não conseguia entender o que se passava com ela. Eu, que julgava conhecer tudo o que se relacionava a minha filha, percebi, ao final da dança, que Salomé era uma voragem misteriosa que começava a se revelar naquele olhar enigmático. A jovem esbelta e ofegante, que se mantinha impassível, à espera de que a cabeça insignificante de um mendigo lhe fosse trazida numa bandeja da prata mais fina das minas de Salomão, não era o instrumento afinado que eu sabia manejar tão bem. Ela se postava ali como um enigma, e eu precisava decifrá-lo antes que a cabeça gotejante de sangue lhe fosse entregue. Procurava ver em seus olhos o novo significado de sua vida, mas o olhar de Salomé se esquivava, focado muito longe, ou talvez perto demais.

Os passos ressoavam pelo palácio. Homens traziam a cabeça malcheirosa. Sabia que sua chegada desencadearia uma nova etapa nas vidas de todos nós. Salomé se mantinha ereta e distante. Seu suor secara, sua respiração abrandara e era como se ela nem estivesse ali. O rei já não a desejava. O nervosismo o dominava, a ele, que tinha tanto pavor da morte que nunca tinha visto um corpo inerte. A cabeça se aproximava e ele temia essa proximidade, cheio de superstições e receios. Ele cobria a própria cabeça com seu manto, e procurava afastar-se. Todos se deixavam contaminar pelo terror do silêncio imposto aos lábios imóveis. O palácio parecia encantado, e nada se ouvia, além dos passos ritmados dos carregadores e da respiração ansiosa do rei.

Quando a porta se abriu, um facho de luz penetrou na sala e colocou Salomé na penumbra. Talvez tenha sido por isso que não consegui ver o seu olhar, que se alongou para a massa informe sobre a bandeja de prata. Os cabelos empastados de sangue se emaranhavam e transbordavam os limites da salva. Os carregadores — eram necessários dois homens fortes para carregar a bandeja e sua carga — demonstravam seu esforço nos desenhos de seus músculos retesados. Passo a passo eles se aproximaram do rei, que recuou e virou-lhes as costas, e com a mão trêmula indicou Salomé. Os homens caminharam até minha filha, mas esta lançou apenas um olhar rápido sobre eles e foi em direção ao rei. O véu escuro toldava suas formas, mas não escondia o brilho de suas carnes. A impressão que se tinha era a de uma noite nublada, quando a lua cheia teima em tornar diáfanas as pesadas nuvens de tempestade.

Foi então que voltei a ver os olhos de minha filha. Febris, eles estavam escuros e enormes, realçados pela pintura que eu mesma havia feito ainda aquela tarde. Eram olhos insanos, os olhos de quem, pela primeira vez, conhece o poder do sexo e da morte. Salomé havia perdido todos os limites, e seus olhos cresciam, como ondas, e nos afogavam a todos em sua tormenta. Colando-se ao rei, ela ofertava sua boca, tão escura quanto o sangue que escorria pelos braços dos carregadores. Os dois homens, sem direção, não sabiam o que fazer com aquela dádiva macabra, e olhavam para todos os lados, esperando um comando que não vinha. Tomei a iniciativa e dei um passo em direção a eles. O rosto do mendigo estava muito pálido, e manchado de sangue e terra. Sua boca parecia fazer um esforço para lançar uma última acusação. O mais impressionante eram seus olhos, vidrados, mas com um brilho de lamparina acesa, queimando quantos os ousassem encarar.

Não vi quando o rei repudiou minha filha. Eu estava fixando atentamente o olhar feroz do profeta-mendigo, lendo naquelas pupilas que ele estava determinado a jamais calar suas acusações. O rei empurrou Salomé para longe dele e minha filha caiu no chão do palácio manchado pelo sangue que continuava a pingar daquela cabeça. Salomé soltou um uivo angustiado ao perceber que tinha sujado seu corpo com o sangue negro, e usou o véu para limpar-se. Seus movimentos frenéticos pareciam um novo tipo de dança, pois tudo o que minha filha fazia tinha uma graça natural, uma beleza trágica. Mas a superstição e o medo preenchiam todos os espaços da sala, e estavam se tornando insuportáveis. Dei ordem aos carregadores para levarem dali a cabeça, e para a entregá-rem, junto com o corpo, à tribo a que pertencia o mendigo. Eles haviam de tomar as providências necessárias. E, para que nenhuma voz se insurgisse, determinei que a bandeja, feita com a prata mais fina das minas mais lendárias, fosse dada aos chefes da tribo. O brilho daquele utensílio ofuscaria qualquer clamor de vingança.

Agora era preciso cuidar de Salomé. Designei uma escra-va para retirá-la do salão. Chamei outras para limparem os ladrilhos do chão. Eu mesma dispensei os perfumes que dis-farçaram os odores malignos da cabeça infecta. Minha filha seria banhada e penteada, vestida e adornada como uma noi-va. Naquela mesma noite ela partiria com o emissário de um reino distante, onde as águas abundavam e as plantas brota-vam sem esforço. Não importava que em seus olhos o conhe-cimento da morte tivesse deixado uma nova expressão. Eu seria aquela que refaria suas pinturas de hena. Eu mesma escolheria os perfumes e a massagearia com os óleos precio-sos. Eu lhe daria o morno leite de camela misturado com ervas para beber. E fecharia seus olhos, apagando para sem-pre a expressão que feria mais do que as palavras do mendi-go. E, lá longe, sob a sombra, Salomé haveria de repousar.

# O divórcio

Após assinar os papéis finais do divórcio, Alda foi tomada por sentimentos contraditórios de euforia e medo. Estava finalmente livre, dona de si, de seu tempo, de seu dinheiro. Estava livre de amarras, de satisfações, de cobranças, mas, como nunca tinha vivido sozinha, a liberdade que a embriagava também a ameaçava, com suas exigências: prazos, orçamentos, responsabilidades. E com o pior fantasma de todos: a solidão.

Afastou de sua cabeça os pensamentos negativos. Não era hora para aquilo, precisava comemorar, viver o momento pelo qual ansiara tanto nestes últimos meses, cansada da insensibilidade daquele a quem se dedicara tanto, a quem sacrificara sua juventude e suas formas esguias, gerando-lhe uma prole que parecia perpetuar os traços dele e de seus antepassados.

Já estava com cinqüenta anos. Sua juventude passara, mas ela se recusava a se sentir velha. Ainda nem entrara na menopausa, sua pele conservava um certo frescor, e os sinais deixados pelas gestações sucessivas de três filhos desapareciam quando vestida.

Alda tinha resolvido regressar andando para casa. Caminhara do Fórum até o Aterro, seguira pela enseada de Botafogo e agora tinha que fazer a parte mais desagradável do caminho, atravessar os dois túneis. Consolou-se pensando neles como um ritual de passagem, que precisava ultrapassar para abandonar a vida anterior e entrar numa fase de possibilidades ilimitadas. Podia passar a vestir e calçar-se como bem entendesse. Podia acordar à hora que desejasse. Podia comer o que lhe apetecesse, no dia que quisesse. Podia voltar a pintar seus quadros e ter os dedos sujos de tinta. Podia...

Não ousou pensar em outras coisas, mais íntimas, sugeridas, talvez, pela escuridão do segundo túnel. Ao sair para a luz, chocou-se com a beleza do dia. Desceu pela Princesa Isabel e virou à direita na Atlântica. Era como se visse, pela primeira vez, as areias da praia, os coqueiros com suas ramas ainda não muito altas, o mar...

Parou para sentir o cheiro de maresia que a inebriava. Respirou fundo, inalando o perfume do mar misturado ao odor desagradável da fumaça dos veículos. Ouvia, sem distinguir, as vozes e ruídos característicos de Copacabana:

pregões dos vendedores ambulantes, freadas de carro, gritos de crianças, roncos de motocicletas, vozerio dos adultos. Num quiosque, pediu um coco gelado que pagou com dinheiro e um sorriso amplo. Na sua felicidade, sem nem mesmo notar, ela distribuía sorrisos a todos com quem cruzava, velhos e moços, mães e filhos, mendigos e pivetes.

Percebeu que estava sendo seguida, e, num gesto instintivo, puxou a bolsa para a frente, protegendo-a com o braço. Mas não apressou o passo, nem fechou o semblante. Ela saboreava a vida que acabava de readquirir, e estava aberta para todas as suas experiências, mesmo as desagradáveis. Olhou de soslaio. Quem a seguia era um rapaz novo, surfista, cabelos cacheados descorados pelo sol, torso moreno e musculoso, bermuda pelos quadris. Ele interpelou-a:

— Está com pressa?

Não, nunca mais teria pressa. Podia aproveitar cada minuto de sua vida, uma vida só sua, e única, que merecia ser desfrutada de todas as maneiras. Diminuindo a velocidade, olhou para o rosto do rapaz: uns vinte e dois anos, calculou. Boca bem desenhada, uma cicatriz sobre a sobrancelha direita, pequena, lembrança, talvez, de uma prancha desgovernada. No nariz, algumas sardas do sol sorriam, sob o olhar provocante com que ele a encarava.

— Você é linda, sabia?

Ninguém lhe tinha dito isso antes, assim, sem preâmbulos. E quando a elogiavam diziam sempre: você está linda, sublinhando a transitoriedade. Seu coração se acelerou, o rosto branco se ruborizou.

— Vem comigo?

Um convite, de um estranho, e tão vago. Para onde? Como aceitar um chamado para a total incerteza? Mas não era esse mesmo o seu desejo, um descompromisso, uma disponibilidade para tudo e para todos?

Hesitante, estendeu a mão, sem se decidir se era um gesto de recusa ou de aceitação, mas o rapaz tomou-a, confiante, segurou-a com dedos fortes e ligeiramente ásperos e começou a guiá-la entre os carros, atravessando a rua e entrando numa das transversais, seguindo até a portaria de um edifício antigo, elegante, porém dilapidado. Eles formavam um casal estranho. Ela, com seu traje sério e escuro, apropriado para a cerimônia que acabara de se realizar. Ele, de bermuda colorida e gasta, descalço e carregando uma prancha sob um dos braços.

Entraram no elevador, e, sem dizerem nada, trocaram um primeiro beijo. Ela se sentiu enlouquecer com o gosto de sal que provou nos lábios do rapaz. Ele puxou-a de encontro a si, e acariciou-lhe as costas e as nádegas.

Aquilo fez que Alda tomasse consciência da situação. Seu corpo macio e gasto já não apresentava a firmeza e o arredondamento de antes. Encabulada, soltou-se do abraço, mas o jovem não notou seu recuo, pois o elevador acabava de chegar ao andar, e puxou-a para o corredor. Em frente à porta de um dos apartamentos, puxou uma chave, depois de depositar a prancha cuidadosamente no hall de mármore, destrancou a porta e entrou, carregando Alda e a prancha com os mesmos cuidados.

O apartamento era fresco e escuro, um cheiro levemente adocicado de incenso perfumava os cômodos pelos quais iam passando, em direção ao quarto. Desalinhado, mas limpo, notou. A cama dele era baixa e se moveu quando eles se sentaram.

— Colchão de água, é bom para a coluna.

Deixou-se cair para trás, experimentando a sensação inusitada de uma cama líquida. Ele se aproveitou do movimento dela para tirar-lhe a blusa de dentro da calça, e enfiou a mão ávida procurando pelos seus peitos. Ela sentia seu corpo reagindo, os mamilos endurecendo, mas envergonhava-se de pensar que, quando tirasse a roupa, o rapaz se decepcionaria com a falta de firmeza de seus seios. Impaciente, ele puxava sua blusa por cima da cabeça, e sem terminar de removê-la, já procurava o fecho de seu sutiã, libertando os seios e passando a beijá-los e sugá-los, sem se importar com forma nem consistência. Ela desvencilhou os braços e a cabeça, enquanto ele lutava com o fecho ecler de sua calça, sem parar de depositar beijos em seus peitos e sua barriga, alternando-os com pequenas lambidas e mordidas suaves. Jogou longe os sapatos, ajudou-o a remover as calças compridas, enquanto ele a virava de costas e mordiscando-a, puxava sua calcinha.

Virou-se de novo, flutuando naquela cama amniótica, e enfiou as mãos por dentro da bermuda dele, para surpreender-se com a ereção que ele ostentava.

Sentiu sua respiração faltar. Ele se levantou, mostrando a gloriosa nudez de um homem jovem e viril, e Alda se acomodou melhor na cama, onde ele se juntou a ela, beijando-a, lambendo-a e sendo beijado e lambido em resposta. O gosto de sal da pele dele dava-lhe sede e ela procurava nele alguma umidade que pudesse saciá-la. Pela primeira vez seus lábios tocaram num falo ereto, e a suavidade da pele que o recobria surpreendeu-a. O gosto dele era doce, mas os pêlos onde se aninhava traziam resquícios do sal do mar e ela procurava ora o sal, ora a doçura, engolindo-o voraz.

Alda reclamou quando ele se desvencilhou dela. O surfista dominou-a, como uma onda, imobilizando seus braços, beijando sua boca, descendo lábios e língua pelo seu pescoço, mordendo seu ombro, sentindo o cheiro de suas axilas depiladas e voltando para seus peitos, sua barriga, beijando à volta de seu umbigo e, finalmente, intrometendo a língua entre suas coxas, o que lhe provocou um espasmo de gozo revelado num gemido longo, quase um uivo.

O som de sua própria voz a assustou. Ela nunca tinha se ouvido assim, tão humana, tão animal. Parecia, no entanto, que este som o excitara ainda mais, e ele abriu as pernas que ela tentava cruzar e penetrou-a, fundo, de uma só vez, sem lhe dar chance de escapar.

Embalada pelas ondas que seus movimentos provocavam, ela se deixou penetrar, mas depois reagiu, e conseguiu ficar na posição de amazona, comandando o ritmo de seus corpos, prolongando o prazer. O suor escorria por entre seus seios. O corpo dele também estava suado, e ia ficando mais escorregadio, como um peixe que ela tentasse capturar naquele mar particular. Ele segurou-a pelas nádegas, exigente, puxando-a de encontro a si, e entregando-se todo num último espasmo. Depois puxou o corpo dela por sobre o seu, e abraçou-a, carinhoso, girando-a até depositá-la suavemente sobre a cama que, pouco a pouco, se imobilizava.

Alda viu-o levantar-se da cama. Caindo em si, admirou-se do que acabava de fazer. Como se entregara a um rapaz tão mais novo, completamente desconhecido? Por que confiara nele às cegas, e seguira-o até aquele apartamento, sem temer? Pensou no mito de Amor e Psiquê, e viu como as indagações racionais estragavam o momento que acabava de viver. Ouvia o rumor do chuveiro. O jovem Amor com certeza estava se banhando, e voltaria para o quarto com o apetite renovado. Mas ela se sentia saciada. E não desejava encontrá-lo de novo. Era livre, podia partir. Vestiu-se, sem se incomodar com os vestígios dele que levava em seu corpo. Com um sorriso nos lábios ainda intumescidos de beijos, deu uma última olhada no quarto desalinhado. Queria deixar-lhe uma lembrança, por isso tirou o cordão de ouro com o símbolo de seu signo e deixou-o sobre a cama. Peixes para nadarem naquele mar só dele.

Então partiu. E, de novo na rua, já entrando em sua casa, não tinha mais medo. Sentia-se uma mulher livre, ainda desejável, segura de si. A vida começava naquele momento. Segurou contra o rosto a bermuda, que, num último momento, resolvera trazer de recordação. A estampa descorada era banal, mas o cheiro que desprendia valia por um tesouro. Era o cheiro da vida. E ela o carregava nas mãos.

# Toques

Quando ele a tocava, suas mãos estavam sempre quentes. Mesmo que o dia estivesse frio, mesmo que fosse no meio do inverno naquelas terras distantes e geladas em que já haviam vivido, as mãos dele eram quentes, amplas, firmes e seguras. Ele podia ter defeitos e falhas, mas suas mãos eram sempre perfeitas.

Também era bom quando ele a puxava para perto de si, e os seus braços a enlaçavam, e formavam um refúgio onde ela podia se abrigar e sentir-se tranqüila, sem medos nem sustos. Nos cinemas, nos filmes de terror ou de suspense, era de dentro dos braços dele que tinha coragem para enfrentar as imagens inquietantes.

Na cama, gostava de deitar-se atrás dele, de aninhar-se, segurando-o, suas pernas curvando-se paralelas às dele. Seus pés, sempre tão gelados, se intrometiam entre os tornozelos

dele e ali se esquentavam, pouco a pouco, e ela logo ador-
mecia, aquecida e confortada.

Estranhou, portanto, quando os hábitos foram mudando, sem razão. Primeiro foi a posição ao dormir. Ela se via
obrigada a soltá-lo logo em poucos minutos: ele reclamava
de calor, ou se levantava, queixando-se de falta de ar, ou de
dor de estômago. Sempre havia um pretexto para ele mudar
de posição, e ela não sabia se era verdadeiro ou não.

Um dia percebeu que já não dormiam mais como de
hábito. Ao se deitarem, cada um virava para seu lado, e apenas suas costas se tocavam. E, pouco tempo depois, nem
mesmo isso. Mas, nem se esforçando, ela conseguia descobrir quando a posição tão natural do início se tornara proibida e impossível.

Lembrava-se de quando, nas primeiras noites juntos,
eles dormiam tão unidos que seus corpos nus amanheciam
colados, e eles precisavam ir-se separando devagar, para não
doer. Hoje já nem saberiam mais estar tão próximos. Mesmo nos momentos de maior ternura, seu braço parecia so-
brar, não sabia onde colocá-lo. E o ar que ele aquecia ao
respirar não lhe oferecia suficiente oxigênio, e precisava chegar sua cabeça para trás e inalar sôfrega, ansiosa.

Procurava nas memórias antigas algo que explicasse essa
mudança de hábitos. Nada lhe ocorria. As mudanças eram
graduais e imperceptíveis em si mesmas, e só decorridas
grandes modificações é que se faziam notar. Mas não havia

diferenças nas atitudes deles. Era só a distância entre seus corpos que se ampliava imperceptivelmente a cada dia, separando-os inexoravelmente.

Fora ele quem sempre determinara o grau de aproximação; fora ele quem estabelecera os limites e os toques. Ela chegara até ele como se ainda viesse envolta numa placenta, sem ter percebido o mundo. A primeira mão a lhe tocar os joelhos foi a dele, e imediatamente seu sangue se pôs em ebulição. O calor de seu próprio corpo surpreendeu-a, mas as lições recebidas em casa fizeram que suas mãos (tão geladas, em contraste com o resto do corpo) se apressassem em afastar as quentes mãos dele, que insistiam em voltar para os lugares proibidos.

Com o tempo, passou não só a aceitar seus toques, como a reclamá-los. Mas ele nunca cedeu aos pedidos que ela fazia. Beijos, só os que ele queria, e quando ele queria. Nunca lhe adiantou pedir-lhe para que beijasse sua nuca, ponto tão sensível e prazeroso. Ele beijava-lhe o pescoço, a axila, os seios, beijava toda a parte da frente de seu corpo, incansável, voluptuoso, mas suas costas permaneceram sempre preteridas. Se insistia muito, ele condescendia em dar-lhe um ou outro beijo morno, sem vontade. Com o tempo ela desistiu. E até esqueceu a antiga preferência.

O tempo fora esculpindo a geografia de seus carinhos, mas o território ia se despovoando, como aqueles países maduros da Europa, que os habitantes do Terceiro Mundo julgam ser um verdadeiro paraíso, mas cuja população diminui a cada década (Pensa-se que esse seja um sinal de desenvolvimento, mas talvez não passe de uma certeza de egoísmo, de necessidades narcísicas, de indiferença pela vida.) Satisfeito com a mestria que alcançara, ele, antes tão aventureiro, já não se interessava mais em explorar áreas desconhecidas. E algumas vezes abandonava terrenos conquistados após muitas batalhas, pois talvez seu prazer estivesse na conquista, e não na posse.

Agora, madura e confiante, ela já não reclamava nem exigia. Mas ainda se admirava de que o calor e o cheiro da pele dele lhe fossem tão agradáveis. As amigas reclamavam de seus homens, implicavam com as mudanças trazidas pelo tempo. Queriam esbeltez, rigidez, flexibilidade, pujança de seiva e cabelos. Ela queria exatamente o que ele lhe oferecia: as mãos quentes, o abraço amplo, o calor do corpo, os lábios firmes e exigentes. E também o conhecimento de seus caminhos, a aceitação de suas limitações.

As lições que o tempo lhe ensinara não tinham exigido muito em troca. Seus cabelos continuavam cacheados e escuros, mas ele se obstinava em não deixá-los crescer nem mais um pouquinho, habituado a um corte prático. Os dela, já quase todos brancos, muito mais ralos do que quando se conheceram, disfarçavam-se com tinturas e novos cortes, sofisticavam-se. Ele passava as mãos por sua cabeça e suspirava, como se lembrando do prazer que os fios longos e sedosos, sobre os quais costumava se deitar, lhe haviam proporcionado.

O corpo dele já não era esbelto, mas continuava firme, e suas pernas fortes plantavam-se sólidas no chão. Curvava-se um pouco mais, arredondando ventre e costas, mas suas nádegas estreitas ainda exerciam um poder mágico sobre ela. A mulher preferia não olhar seu próprio corpo, à procura das marcas deixadas pelos anos. Mas o tempo também havia sido camarada com ela. Sua pele ainda era macia e elástica, seu sorriso ainda se abria espontâneo e franco, sem as irônicas aspas das rugas.

Na cama, a distância entre seus corpos aumentara. Noites havia em que os dois mal se tocavam, exilados nas margens distantes de uma cama que aumentara muito de tamanho. Mas tantas vezes eles haviam perdido a consciência de limites entre eles que a distância não parecia existir. Era com o coração dela que ele continuava a viver quando o seu próprio falhava. Era com o calor dele que ela conseguia agüentar o frio que a invadia. E era o prazer do outro que lhes dava o maior prazer. Mutantes, eles haviam criado um novo tipo de ser, sendo um no outro.

# Minha avó dançava charleston

Lembrava-se dela já um pouco matronal. A avó fazia jus a uma série de adjetivos que a repugnavam: cadeiruda, em primeiro lugar. O que o móvel tinha a ver com o corpo feminino? As cadeiras de sua casa, todas secas, rígidas, rocambolescamente vitorianas, não podiam se assemelhar àquela mulher de cabelos curtos e óculos exagerados, de pele branca como o leite e cheiro de água-de-colônia. Cadeiras sem sequer um estofamento, com muitas tachas azinhavradas, desenhos gastos no couro resistente. Os adjetivos, portanto, eram irrelevantes. A avó era alegre, insistente. Adorava contar histórias, todas de seu passado, invariáveis. A viagem de navio. As terras distantes. O internato. O padrinho e a dindinha. Nascimentos. Tragédias. Como eram numerosas as histórias trágicas! O menino levado que perdeu a perna numa travessura no bonde. Cataldo, cujo nome se transformou numa onomatopéia de um salto desastrado de um reboque para o carro da frente do bonde. A colega cuja mão se encolhera e mirrara, graças às punições das freiras rígidas. Os dias inteiros ajoelhada no milho, penitente. A menina olhava para a avó e se admirava de que ela tivesse sobrevivido à sua infância em tempos tão perigosos para as crianças. As epidemias cruéis: gripe espanhola, poliomielite; varíola, e o tifo, cujo principal pavor era que fazia os cabelos caírem todos e depois voltarem totalmente diferentes. Se os cabelos eram lisos e claros, voltavam escuros e duros, como os dos negros. E os terrores se multiplicavam. Uma simples catapora, conhecida como varíola, deixava marcas repugnantes nos rostos de vários conhecidos. Uma simples gripe era um alerta de epidemia fatal, dizimadora de famílias inteiras. Qualquer mal era uma catástrofe, quando relatado pela avó.

A avó conhecia todas as doenças. E padecia de muitas delas. Quase uivava com a palavra câncer, mas essa nunca entrou pela porta do apartamento. Em compensação, do diabetes à tuberculose, com todas ela teve de se familiarizar, graças àquela avó. Ou graças aos parentes próximos, que eram exemplos de casos mais raros como esquizofrenia e depressão.

Outra característica da avó era um repertório invariável de gemidos: Ai, meu pai! Ai, minha mãe! A menina, acostumada que estava à falta de pai e mãe, não se espantava que os de sua avó também não se manifestassem. Achava estranho, porém, que a avó insistisse em chamar por aqueles seres indiferentes quando à sua volta existiam pessoas tão solícitas e amorosas como ela e o avô.

Um dia, lendo o seu "livro do bebê", descobriu que devia seu nome ao irmão daquela avó. Um xará! Isso despertou sua curiosidade sobre aquele que ninguém mais conhecera, apenas a avó e o avô. Com a morte prematura decretada pela tuberculose, ele apressara o casamento dos dois, mas só veio a ser homenageado uma geração depois, com o batismo da primeira neta. E ela, agora, queria saber tudo sobre ele. Sabia que morrera jovem, mas como era aquele jovem? Bonito ou feio? Inteligente? Gostava de quê?

Pacientemente, ia recriando em sua mente um rosto bonito, magro, tão branco como a avó, talvez até mais, devido à palidez da doença. Um dia encontrou um retrato, um único retrato três por quatro. Não tem mais, vovó? Tinha, muitos, mas os retratos antigos eram pequenos e péssimos, não dava para se ver os personagens. Tinha-se apenas uma noção do grupo, do local. Os dias pareciam sempre ensolarados, com sombras fortes que atrapalhavam as poses: os chapéus e as mãos encobrindo os olhos contribuíam para que aqueles seres do passado não se materializassem em parecenças mais concretas. O pequeno retrato três por quatro pelo menos deixava perceber as maçãs do rosto altas e o olhar intenso.

Eu pareço com ele?, era sua pergunta mais insistente. Ela desejava aquela semelhança, pois se sentia tão diferente de todos que era como se fosse uma planta exótica no jardim de inverno da família. A avó evadia-se, ora dizendo que os olhos eram parecidos, ora dizendo que a maneira de rir era a mesma. Ela sentia aquela hesitação, ressentia-se da falsidade, sem atinar que, tanto tempo passado, a avó já não tinha mais certeza de como tinha sido aquele único irmão. A menina tinha fome de detalhes, queria minúcias, quando tudo o que a avó podia lhe oferecer eram generalidades e aspectos secundários: os pés dele eram tão bonitos que o famoso escultor usou-os como modelo para seu Apolo. E obrigava os aprendizes a desenhá-los sob todos os ângulos.

A menina olhava os próprios pés, ciente de que eles nunca serviriam de modelo para estátuas, e suspirava. Só os pés, vovó? As mãos também, era a resposta. Isso não bastava, mas ela sabia que era tudo o que conseguiria descobrir. Um dia, no entanto, um disco antigo, daqueles muito antigos e pesados e que só tinham um lado, foi colocado na vitrola, e entre chiados e estática uma melodia alegre encheu a sala. A avó animou-se: isso é *charleston*! A menina, apesar da pouca idade, sabia do que se tratava, afinal, era criada entre pessoas adultas, bem mais velhas. Eu sei, vovó! E a avó confessou: meu irmão e eu ganhamos um concurso de danças exatamente com esta música. E pôs-se a ensinar os passos àquela neta, deslumbrada com uma avó de movimentos ágeis e pernas e braços capazes de ilusões. Desajeitada, ela ia imitando os movimentos, obrigando a avó a repeti-los em câmara lenta para que ela pudesse copiá-los. As duas riam, insistiam na música, os movimentos se tornavam mais rápidos, mais desenvoltos. Logo estavam dançando, uma ao lado da outra, uma em frente à outra, mãos dadas, mudança de lado, pernas que pareciam desligadas dos corpos, indo para os lados, para cima e para baixo. Assim, vovó?

Assim, assim!

Quando a música terminou, a menina sabia de mais coisas do que a avó jamais poderia lhe contar. Viajando no tempo, experimentara as emoções da juventude da avó, e oferecera a esta um companheirismo que ela só tinha conhecido através daquele irmão, morto há tantos anos. Abraçadas, sorridentes, cansadas, relutavam em se separar, sabendo como eram breves a vida e a alegria.

Com a cabeça jogada para trás ela olhava o rosto lindo da avó, sua pele clara, seus óculos desmedidos, seu sorriso sempre presente. Olhava e lamentava não ter um prêmio para ofertar-lhe, muito nova e inexperiente para compreender que o instante vivido era mais valioso que um troféu. E então ela disse, orgulhosa: Vovó, você é uma melindrosa de verdade!

E seu pequeno coração sangrou de amor e emoção.

# O inseto

Quando abriu a porta do elevador a barata apareceu em toda a sua repulsiva imobilidade. Atônitas, as duas se olharam, medindo-se. Sem raciocinar direito, a mulher estendeu seu pé, calçado numa sandália frágil, e pisou no inseto, que lhe ofereceu a resistência inusitada de uma carapaça mais dura que a habitual. Depois, com um estalo alto, o volume se desfez sob sua sandália e a mulher levantou o pé, ligeiramente nauseada, para examinar os despojos de sua guerra particular. Nem sinal da barata. O chão de cimento não revelava os vestígios esperados: nenhuma marca, nenhum resto castanho, nem mesmo um discreto molhadinho de sangue ou do que quer que fosse que circulasse nas veias de uma barata. Frenética, a mulher saltou até um degrau próximo, para retirar os despojos da sola de sua sandália. Passou o pé com vontade na quina do degrau, mas nada ficou depositado na superfície aguda. Aquilo lhe provocou um mal-estar indescritível, que quase a impediu de continuar. Como iria continuar a pisar sobre aquela sandália, a cuja sola se incorporaram os restos mortais de um inseto asqueroso? Para livrar-se daquilo, seria preciso tomar o calçado nas mãos e examiná-lo, lavá-lo.

Perguntou-se por que havia tomado a decisão de eliminar a barata. Ela não estava em sua própria casa, não era uma ameaça à limpeza de seus aposentos nem à integridade de seus mantimentos. Era uma barata estranha, estrangeira, brilhando sob a luz fluorescente daquela garagem de um prédio novo, desconhecido. Uma barata ousada, parada ali no claro, destemida, parecendo desconhecer o instinto ancestral de todas as baratas, que procuravam frestas e lugares escuros onde pudessem se abrigar das ameaças de sapatos agressivos e assassinos.

Agora mesmo, parecia ressoar dentro de seu cérebro o som alto e seco do estalo provocado pela pisada no inseto. Revia-a em sua imobilidade, com a carapaça clara brilhando, estática, esperando que a porta do elevador se abrisse para que seu destino se revelasse. Nada do marrom-escuro habitual: em sua couraça exibia os tons mais dourados, próximos do mel e do âmbar — uma barata primaveril. Destemida, não se afastou no alucinante ziguezague da falta de objetividade comum aos insetos ameaçados. Manteve-se ali, imóvel, aguardando confiante o confronto inevitável; ostentando, orgulhosa, sua forma arredondada; agitando ritmicamente suas antenas sensíveis, apostando que o embate lhe seria favorável.

Seguiu até o carro, sentindo ânsias de vômito a cada vez que apoiava o pé assassino no chão. A cada passada ecoava em seu cérebro o som da carapaça rompida, e ela sentia subir pela perna o estremecimento provocado pela dureza da casca, partindo-se, seca, sob a sola fina da sandália. No carro, a aceleração e a freada eram feitas com cuidado, pisando temerosamente os pedais, não fosse o pé resvalar e a massa do inseto se revelar em toda a sua repugnância, grudando-se à sua pele. Enquanto dirigia, pensava sempre a mesma coisa: a estranha atitude de desafio com que o inseto a enfrentara. Era preciso encontrar uma explicação para o inusitado, a fim de se livrar da obsessão do pensamento único, da impressão asquerosa, do ruído seco de uma carapaça rompida. Sobretudo, era preciso entender por que razão os restos mortais do inseto se haviam volatilizado, desaparecendo sem deixar vestígios.

Em casa, a primeira providência foi descalçar as sandálias e, com mãos protegidas por luvas de borracha, virar a sola para confirmar uma certeza: nenhum sinal, nenhuma marca. Era como se a sola pertencesse a um sapato novo, recém-saído de sua caixa, a sola clara, sem riscos nem marcas, contrariando os muitos dias de uso. Deixou os sapatos na área de serviço, e foi descalça para o banheiro, onde tomou um banho demorado, com repetidas passadas de sabonete, deixando que a água quente do chuveiro corresse abundante sobre seu corpo, que se avermelhava com a temperatura excessiva que escolhera.

Ao se enxugar, percebeu que não estava só. Não escutava ruídos, não sentia movimentos, mas podia sentir uma presença em sua casa. Saiu do banheiro apreensiva, vestida com um velho roupão de toalha, os cabelos molhados envolvidos num turbante apressado, feito com a toalha de rosto, os pés descalços, pisando cuidadosa para não fazer barulho. Na área, um vulto se acocorava, indefeso e vulnerável em sua nudez. Ela abafou um grito. O vulto se encolheu ainda mais. Tratava-se de um ser humano, muito magro e branco, a pele esfolada como se o tivessem banhado em ácido. Seu aspecto inspirava piedade. Lembrou-se da ofensa infantil: barata descascada. A pele muito branca, os cabelos de uma cor indefinível, muito sujos e colados à cabeça, os braços e pernas magros, macérrimos, e sua nudez, indefesa, lhe inspiraram piedade em vez de terror.

Tentou falar com ele, mas sua voz saiu muito alta e aguda, assustando ainda mais o indefinível ser. Limpou a garganta, modulou a voz, procurando falar o mais docemente possível, como se se dirigisse a uma criança. O ser continuava ali, agachado, rosto escondido entre os braços cruzados, os ossos protuberantes, insólito. Ela se recordou de fotografias de sobreviventes dos campos de concentração. A magreza excessiva, a postura assustada. Um cheiro invadiu-lhe as narinas, desagradável, macabro. Ela concluiu que os sobreviventes dos campos deveriam ter aquele cheiro, misto de medo e de morte. A natureza em sua mais pungente degradação.

Não sabia como reagir, o que fazer. Chamar a polícia? O porteiro? A vizinha? Passar a responsabilidade por aquele vulto assombroso e assombrado? O cheiro se fez ainda mais forte, e ela notou a mancha de urina e dejetos que minava por debaixo do indivíduo. Era demais! Precisava livrar-se dele, mas, agora, tinha que se livrar da sujeira e do cheiro, antes que todo seu apartamento se contaminasse com o fedor. Chamou-o para dentro do banheiro de serviço, mas não obteve nenhuma reação. Pensou em ligar uma mangueira na torneira do tanque, mas não possuía mangueira, nem se sentia capaz de jogar água fria sobre aquela ruína que inesperadamente lhe fora imposta. Resignada, pegou um balde de roupa e encheu-o de água morna, jogou-o no chão, perto do vulto. Ele se assustou, pareceu querer subir pelas paredes, mas não emitiu um som sequer. O rosto triangular, de nariz muito afilado e olhos fundos, finalmente saiu do esconderijo dos braços que se agitavam, convulsos, tentando agarrar-se à superfície lisa dos ladrilhos. O pânico se dividia entre a ameaça da água e a sua proximidade, mas ela, inclemente, juntou mais água e, aos poucos, conseguiu empurrar a sujeira pelo ralo e molhá-lo de forma a amenizar um pouco aquele odor ofensivo. Outra vez acocorado e trêmulo de frio, o ser tentava desaparecer por trás da máquina de lavar roupa. Ela pegou uma toalha velha e jogou por cima dele, cobrindo-o.

Pensou que ele devia estar com fome. Afinal, estava tão magro, parecia que não se alimentava havia muito tempo. Ficou na dúvida quanto ao que lhe oferecer: será que leite lhe faria mal? Abriu a geladeira e olhou desalentada para a caixa de leite desnatado: muito pouco nutritivo, decretou. Mas era só o que havia, então despejou um pouco numa xícara e, depois de amorná-lo, colocou-o a seu alcance, e saiu de perto. Instantes depois, ouviu o ruído da xícara sendo derrubada e voltou para limpar a sujeira e providenciar mais leite, mas estacou, incrédula, vendo que ele lambia o chão, primeiro sem muito interesse, e depois, com avidez e pressa. Percebeu que seria muito difícil para ela lidar com aquele visitante inesperado. Outra vez tentou falar-lhe, mas não houve reação. Ele parecia surdo-mudo, não emitia nenhum som, não fazia barulho, embora sua presença fosse sentida por toda a casa, e ele não saísse do canto da área que elegera como seu. Agora que estava calmo e coberto, já não escondia o rosto de olhos intensos. Olhava-a sem temor, examinava tudo à sua volta, como se tentasse lembrar de coisas há muito esquecidas. Depois de algum tempo, ela desistiu de vigiá-lo, e resolveu ir para o quarto. Saiu, trancando a porta da cozinha atrás de si. Tarde da noite, já na cama, sentiu que o ser na cozinha se movimentava, em idas e vindas, mas um torpor a havia tomado por inteiro, e sentiu-se incapaz de voltar a encará-lo aquela noite. Lentamente, deslizou para um sono profundo como um desmaio, que lhe apagou as lembranças dos sucessos do dia.

De manhã, logo ao acordar, sentiu uma presença estranha, mas o sono havia removido sua memória do dia anterior. Iniciou sua rotina: banho, cuidados pessoais... Quando foi para a cozinha, preparar o café, deu com a porta trancada e estremeceu, com as lembranças invadindo sua mente numa enxurrada irresistível. Agora, à luz da manhã, tudo lhe parecia inverossímil, e o mais incongruente era sua atitude quanto ao surgimento daquela figura estranha em sua casa. De onde teria ele vindo? De que pesadelo teria saído? E por que o aceitara ali, assim, despido e mudo, repulsivo em sua sujeira? Com a mão na maçaneta da porta, ela juntava forças para poder encará-lo outra vez. A presença era tão forte que podia ser apalpada, como uma calda espessa que envolvesse tudo. Abriu a porta num movimento rápido. O vulto estava no canto da área, no mesmo lugar onde o havia deixado na véspera, mas sua atitude mudara. Já não escondia a cabeça entre os braços finos e descarnados. Olhava-a, expectante, mas destemido. A toalha com que o cobrira na véspera se amontoava sobre suas costas, formando uma espécie de abrigo, semelhante a uma concha. O rosto triangular, com os olhos fundos, intensos e febris, voltava-se para ela, e acompanhava cada um de seus movimentos de uma maneira fixa e rígida, como se ele não possuísse a articulação do pescoço.

Suspirando, pensou que ia ter de alimentá-lo de novo, e se dispôs a fazê-lo. Dessa vez despejou o leite num pires ao alcance do estranho visitante, e foi preparar o café, fingindo ignorá-lo. Com movimentos cautelosos e rastejantes, ele se aproximou do pires e, depois de algumas tentativas desajeitadas, encontrou um jeito de se alimentar sem derramar o leite. Saciado, deixou-se ficar no chão, deitado de bruços, pernas e braços abertos e colados no chão, a cabeça toda espichada para a frente, com olhos curiosos.

Sentada na cadeira da cozinha, tomando goles pensativos de café, ela se deixou ficar, contemplando aquela ruína. Estava se acostumando com o estranho ser ou estaria ele tomando características mais humanas? Notou que no rosto triangular uma sombra de barba começava a aparecer. Precisava decidir o que fazer para livrar-se dele. Para começar, não podia chamar vizinhos, nem porteiros, nem a polícia. Como havia de explicar o surgimento daquele ser estranho em sua casa? Se o descobrissem, principalmente naquele estado, nu e imundo, isso iria provocar uma série de comentários desagradáveis, olhadinhas e risadas pelos corredores do prédio. Pensou em enxotá-lo, como faria com uma barata, usando a vassoura. Depois que ele saísse, ela trancaria bem a porta da cozinha e o problema deixaria de ser dela, passaria a ser de quem o encontrasse. Estava decidido, era o que faria, mas não agora, de manhã, à luz do dia, com o prédio movimentado. Trataria disso à noite, discretamente. Agora precisava se arrumar para o trabalho. Saiu, trancando a cozinha cautelosamente.

No final do dia, chegou em casa trazendo uma pizza, cheirosa. Ainda no lado de fora do apartamento sentiu que o ser lá dentro se agitava. Entrou em casa, abriu a porta da cozinha, sentiu o cheiro que ele exalava. Cheiro de barata, pensou. Ele precisava de um banho, mas como iria conseguir isso? Mesmo esquelético, devia pesar mais do que ela, que era franzina e fraca. Colocou a pizza na mesa. O visitante se aproximou, mantendo uma respeitosa distância. Ela destacou uma fatia e mordeu-a, como se demonstrando um procedimento. Repetiu a ação, com movimentos exagerados, explicativos. Depois, destacou uma outra fatia e colocou-a no pires que ele usara de manhã. O ser procurou imitá-la, desajeitado. Suas mãos pareciam ter ficado muito tempo sem uso, os dedos enrijecidos custavam a obedecer-lhe. Conseguiu, porém, alimentar-se de forma mais humana, embora não muito higiênica. Ela sorriu, aprovando seus esforços. Os olhos fundos, brilhando no rosto triangular, olhavam-na, tentando compreender. Ela disse em voz alta, separando as sílabas e articulando bem, como numa lição de fonética: Muito bem! Ele perdeu o interesse e deixou-se ficar, lambendo os dedos.

\* \* \*

A alimentação deixou de ser um problema imediato, mas ainda precisava resolver o problema do cheiro, e a imundície que ele produzia com regularidade, agora que se alimentava diariamente. Os baldes de água morna limpavam o chão e diminuíam um pouco os odores que o ser exalava, mas não eram o bastante. Além do mais, com o tempo, seus cabelos encompridaram, e ele passou a ostentar uma barba rala, porém considerável. Fazia uma semana que o ser se encontrava instalado em sua casa, já que desistira de enxotá-lo, movida, talvez, por um desejo de companhia que sempre se recusara a admitir. Havia notado que ele era dotado de uma certa inteligência, e que gostava de imitá-la toscamente. Acabou decidindo banhar-se ali, no banheiro de empregada, para demonstrar. Hesitou durante um ou dois dias, temendo que o habitante da área, tomado por algum instinto desconhecido, a agredisse ao vê-la nua e indefesa à sua frente, mas, como ele continuasse rastejante e temeroso, ela perdeu o medo.

Quando finalmente tomou a decisão, já era o final de semana. Veio do quarto trazendo sabonete, toalha, desodorante, tudo o que pudesse precisar para o banho. Colocou os apetrechos no pequeno boxe, ligou o chuveiro e temperou a água. Depois voltou para a área, postou-se bem em frente ao estranho visitante, e com gestos lentos desnudou seu corpo, que se arrepiava de repulsa e de excitação. Estudou o olhar do outro, que não se acendeu com volúpia, nem pareceu iluminar-se com algum entendimento. Deixou-se ficar ali parada, esperando alguma reação, que não veio. Então deu de ombros e foi para dentro do chuveiro, deixando que a água tépida lhe percorresse o corpo, já indiferente à presença estranha. Ensaboava os cabelos, deixava a espuma escorrer por seu pescoço, descer pelos seios, mergulhar vertiginosa em direção às coxas. Suas mãos se ocupavam nas frestas e protuberâncias, cuidando, meticulosas, de afastar as impurezas.

Pressentiu que a criatura se havia aproximado. Abrindo os olhos, viu-a, emoldurada pela porta do banheiro, deixada aberta exatamente para atraí-la para a observação do processo de limpeza. O ser tinha se aproximado rastejando, com a toalha que lhe jogara no primeiro dia alongando-se pelo chão atrás de si, como um manto. Seu rosto triangular voltado para ela não demonstrava nenhum tipo de compreensão, muito menos de emoção, mas ela percebia que uma fagulha de curiosidade começava a crepitar sob aqueles olhos baços e sofredores, que ardiam, encovados, no rosto magro.

Vendo-se observada, seu comportamento, instintivamente, mudou. Seus gestos tornaram-se mais conscientes, demorados, acariciantes. Ela começou a falar com seu observador, que, desatento, ora olhava para ela ora examinava o banheiro, e os objetos que ali se alojavam. Finalmente, deu por terminado o banho. Seu pé pousou delicadamente no tapete felpudo que absorveu ávido as gotas que lhe escorriam pelas pernas. Com a toalha, friccionou o corpo, sempre falando com aquele ser, ainda quase inseto. Explicava que o banho era necessário, que os odores corporais eram ofensivos e apenas o banho era capaz de eliminá-los. Lembrava a ele que a água morna era agradável, que se sentiria melhor depois de lavar-se. Convidava-o para entrar no boxe, e mostrava-lhe o sabonete, para que o outro sentisse o perfume agradável. Disse-lhe, com voz firme, que entrasse no chuveiro. Repetiu a ordem, um pouco mais energicamente. Como ele não esboçasse nenhuma reação, ela venceu a repugnância que tinha em tocá-lo e estendeu a mão, sentindo pela primeira vez a textura da sua pele, úmida, fria, banhada por uma espécie de suor grosso e gelado. O ser, assustado, tentou recuar, mas ela já tinha conseguido tomar-lhe a mão e segurava-a com firmeza, puxando-o na direção do chuveiro, forçando-o a entrar no pequeno cubículo.

Abriu a água, primeiro a fria, depois a quente. O estranho ser se agitava, demonstrando estar apavorado, mas ela bloqueava-lhe a saída e, com a água tépida caindo sobre seu corpo, foi-se acalmando. Embora se mantivesse acocorado e tenso sob o chuveiro, não resistiu a que ela o ensaboasse, uma, duas, três vezes, até que a água saísse limpa e que seus cabelos parecessem cantar por entre os dedos incansáveis que os esfregavam. A pele, pálida, já não estava encardida nem baça, adquirira um tom branco e brilhante sob a água, como se fosse feita da mesma substância da Lua.

Ela o secou, penteou-lhe os cabelos molhados, depois encontrou umas calças que servissem nele. Vestido, ele tinha uma aparência quase humana. Os cabelos, livres da sujeira que os escureciam antes, revelaram seu tom castanho, quase mel. A barba rala começava a suavizar o contorno triangular daquele rosto de olhos encovados e inexpressivos. Já não sentia repulsa em tocá-lo, agora que estava limpo, e, como os dias de convivência tinham tirado a estranheza inicial daquele ser, ela agora podia olhá-lo sem piedade, com uma espécie de curiosidade científica que a tornava desejosa de examiná-lo e de explorar seus limites. Com paciência, alimentou-o, não mais como a um animal, deixando a refeição num pires no chão a seu alcance. Dessa vez, sentou-se no chão em frente a ele e, com uma colher, fez com que tomasse uma sopa grossa, com muita batata amassada, e queijo ralado polvilhado por cima. Observou-o relutar, sem querer permitir que a colher entrasse em sua boca, e depois relaxar e ceder a um gosto que lhe pareceu agradável.

Naquela noite, providenciou uma cama ali mesmo na área de serviço, com colchonete e lençóis limpos, e até mesmo uma coberta. Forçou-o a deitar-se ali e ficou por perto até que ele adormecesse e ela pudesse continuar seu projeto de humanização. Cortou-lhe as unhas dos pés e das mãos, ajeitou as cobertas ao seu redor e depois saiu, mas sem esquecer de trancar a porta da cozinha atrás de si.

No dia seguinte, ao abrir a porta, o projeto de homem já não rastejou para fora de seu alcance. Ficou por perto enquanto ela tratava de arejar as roupas de cama, que cheiravam, levemente, a barata. Depois de pôr ordem na área, hesitou entre banhá-lo outra vez, ou deixá-lo livre e apenas alimentá-lo. Achou melhor tratar apenas da comida, preparou o café-da-manhã, e serviu-o na mesa da copa. Depois pegou o estranho visitante pela mão e trouxe-o até uma cadeira, ajudando-o a subir e a se posicionar à mesa. Teve que colocar a cadeira de encontro à parede, para que o ser não tombasse, e, pela primeira vez, julgou perceber uma expressão reconhecível perpassar, ligeira, pelos olhos encovados que a fitavam intensamente.

\* \* \*

O progresso inicial tinha animado seu propósito, mas uma fase de estagnação se seguiu. O ser não progredia além daquilo. Utilizando-se da cadeira, onde agora se sentava com relativa firmeza, seu estranho hóspede passava horas sentado em frente à janela da área, de onde se avistava um pátio, sempre deserto, ocupado apenas por máquinas fumegantes. Ela chegava em casa e quase sempre o encontrava sujo, e tinha de cuidar dele antes de cuidar de si própria.

Sua vida, antes preenchida por atividades que lhe agradavam, e por passeios com os colegas, agora era uma sucessão de tarefas que a esgotavam e que não lhe deixavam tempo livre para o cinema e para o encontro com conhecidos. Já não convidava ninguém para visitá-la, e, pouco a pouco, foi sendo esquecida pelos amigos, que deixaram de telefonar e de convidá-la, cansados de suas recusas. Olhava para o habitante da área com um início de ressentimento, e ele a olhava de volta com seus olhos encovados e observadores, mas tão distantes como no primeiro dia. Ele tinha adquirido o hábito de sentar-se na cadeira, que empurrava até a janela da área. De lá, sua vista eram paredes manchadas de umidade e as janelas dos outros apartamentos, com vasos de plantas e roupas estendidas nos varais, além das máquinas fumegantes do pátio. Vez por outra, porém, alguém assomava a uma das janelas, e ela se desesperava com a idéia de que no prédio estivesse se espalhando o conhecimento de que agora ela tinha um visitante. Deviam estar pensando que era algum amante.

Premida pelo desejo que tinha de esconder sua presença, ela mesma comprou e instalou uma persiana na janela da área. Além disso, continuava trancando-o na cozinha, para que ele não perambulasse por todo o apartamento em suas ausências durante o dia. À noite, convivia com ele na cozinha e na área, mas, quando se cansava, trancava a porta da cozinha e ia assistir a televisão, ou ler, ou apenas saborear o prazer de não ter que olhar para ele. E, a cada dia, imperceptivelmente, passava mais tempo lá dentro, esquecida do visitante, impaciente por sabê-lo tão dependente dela.

Naquela manhã de domingo, ao entrar na cozinha, surpreendeu-se com o cheiro de café fresco. A mesa estava posta, xícaras e pires, facas, garfos, colheres, guardanapos, todos os objetos usuais e, além disso, seu jornal dobrado sobre a cadeira onde ela costumava sentar-se. Surpresa, sua primeira reação foi de agrado, e seu rosto estampou um sorriso que abrangia todos os arranjos. Ao fixar os olhos no jornal, porém, lembrou-se de que, para buscá-lo, era necessário abrir a porta de casa. Sabia muito bem que, vivendo em sua cidade, era muito importante manter as portas de casa trancadas. Teria sido ela tão irresponsável a ponto de ter esquecido a porta aberta? Nesse caso, a mesa posta e o café poderiam ser artes de algum assaltante excêntrico. Correu para a porta, e experimentou-a. Fechada. Trancada à chave, e a chave colocada na fechadura, com seu chaveirinho plástico de sempre, inocentemente balançando na fechadura.

Ela encarou o habitante da área, olhando-o com severidade e sem simpatia. Seu rosto triangular exibia uma barba de muitos dias, mas sua aparência havia se modificado muito, humanizara-se a ponto de tornar quase imperceptíveis os traços que ainda lembravam o inseto. Ele a olhava demonstrando interesse em suas reações, esperando uma resposta positiva e amigável. Ela, porém, estava irritada. Aquele ser que invadira seu apartamento, que modificara sua vida, agora estava se mostrando capaz de abrir e fechar portas trancadas. Já não podia mais ser considerado um ser inofensivo. Era um invasor, mais do que um invasor, um fardo. E, ainda pior do que isso, começava a ter idéias próprias, podia comprometê-la, saindo de onde ela o havia confinado, e circulando sem o seu controle pelos corredores do prédio. E se ele entrasse em outro apartamento? Era preciso fazer alguma coisa, antes que fosse tarde. Só que ela não sabia que providência tomar. Uma coisa era o seu capricho de cuidar e alimentar um ser indefeso e assustado, outra era ter que conviver com um elemento que fugisse de seu controle, embora estivesse ligado à sua vida.

Começou a falar em voz alta, perguntando-se o que fazer com ele, como se comportar dali em diante. Gesticulava, falava, ora mais alto, ora mais baixo, caminhando de um lado para o outro, sem prestar atenção no indivíduo e em seus olhos que gradualmente iam se apagando, ensombrecendo. Estava nisso quando escutou um som inesperado. Virou-se para ele, surpresa. Tanto tempo de convívio, e era a primeira vez que o indivíduo emitia um som. Ela parou de falar, olhando-o, boquiaberta. Ele emitia aqueles ruídos pela boca, como se falasse. E parecia imitá-la, gesticulando. Os sons que saíam de sua boca e os gestos que fazia pareciam humanos, mas era tudo muito inesperado, totalmente incompreensível. Quando ele tinha passado de seu estágio de mero adestramento para esta nova situação?

Percebeu que havia se acostumado com a presença daquele inseto amestrado, que deixara de reparar nele, e permitira que ele "evoluísse" para aquele estágio em que se transformara em muito mais do que um animal de estimação trabalhoso. Ele agora era um estorvo, era um "quase alguém", capaz de tomar decisões e de ações inesperadas, parecendo capaz até de falar, embora em um idioma incompreensível. Olhava para o estranho em sua cozinha, ridículo naquelas roupas que havia arranjado para ele, e percebeu como estava mudado. Já não tinha mais os gestos estranhos e assustados. Seu rosto continuava triangular, mas a cabeça adquirira mobilidade, seu pescoço não parecia mais soldado ao corpo. Andava ereto, era mais alto do que ela, pelo menos uns quinze centímetros, e havia engordado, já não estava tão esquelético como quando aparecera em sua casa.

Ficou ali, estudando-o, olhando para aquele projeto de gente, sem compreender o que o ser lhe queria comunicar, até que um riso histérico a invadiu. Isso fez com que o estranho habitante da área de serviço se calasse e se pusesse a observá-la. Ela não conseguia parar de rir, embora suas risadas agora tivessem se normalizado, e não passassem de frouxos de riso, intermitentes. Na verdade, ela ria de si mesma, de suas idéias desencontradas, que iam e vinham, se misturavam. Apenas uma continuava a martelar seu cérebro: o indivíduo, provavelmente, estava falando magiar. Não que ela entendesse alguma coisa daquele idioma, mas era o único que poderia ser apropriado para alguém que tivesse se desencantado de uma barata. E uma decisão se impunha, dominava-a: precisava livrar-se daquele estranho ser que se humanizava ali em sua casa. Necessitava de um plano, com urgência, antes que fosse tarde demais e o indivíduo se transformasse numa pessoa completa.

\* \* \*

Começou com os convites naquele mesmo dia. Chamou os amigos, que havia muito tempo não via, por conta de seu envolvimento com o estranho. Desculpava-se do sumiço, alegava uma anemia, que a tinha deixado sem ânimo para nada, e depois a visita de um amigo de um parente distante. E repetia, ensaiada: "Sabe aquelas confusões de família? Uma prima em segundo grau de minha mãe me descobriu e me pediu para lhe fazer um favor". A história foi tomando forma. A tal prima em segundo grau da mãe, que morava numa cidade próxima a Goiânia, tinha se casado com um judeu cuja família havia se dispersado por conta do Holocausto. Com essa história de Internet e Orkut, o marido judeu tinha descoberto um último remanescente da família e, como não tinha filhos e estava com câncer, resolvera pagar a passagem para o rapaz. Uma dessas coisas de raízes que algumas pessoas teimam em cultivar.

Seus amigos compravam a história, e, mesmo aqueles que não entendiam muito esse reencontro, não viam razão para duvidar dela, sempre tão sensata e equilibrada. Todos só podiam se admirar com seu altruísmo, de aceitar receber em casa um perfeito estranho, e compreendiam que ela tivesse sumido, para não impor aos outros o fardo que estava carregando. Compareceram todos, dispostos a animá-la e a ajudá-la no que fosse preciso.

Além de providenciar as coisas para a festa, ela se preocupou em arranjar roupas para seu visitante. Vasculhou brechós procurando roupas que se parecessem com aquilo que ela acreditava fosse a moda em Buda. Ou em Peste.

Melhor Peste, tinha mais a ver com o ser irritante que se tornava, a cada minuto, mais inconveniente. Ele agora transitava por toda a casa, ligava sua televisão, usava seu banheiro, mexia no seu armário quando ela não estava em casa. Mas aquilo terminaria em breve. Ela havia de resolver a situação de uma vez por todas.

No dia da festa, as cervejas na geladeira, os vinhos na temperatura certa, queijos e torradas e pastas suficientes para todos, ela vestiu o magiar com uma calça marrom, meias brancas e sapatos de amarrar. Escolheu uma camisa com alto teor de poliéster, e fez que ele se abotoasse até o colarinho. Com o calor que fazia, ele logo começou a suar, e a camisa adquiriu um odor meio azedo que disfarçava qualquer cheiro de barata que ele pudesse ainda exalar. Escolheu as músicas e acendeu algumas luzes enquanto apagava outras, criando um clima festivo, porém de iluminação discreta, sem permitir que as feições das pessoas se revelassem inteiramente.

Os primeiros a chegar ficaram meio inibidos com a presença daquele estrangeiro, que não falava uma palavra de português, mas que tentava se exprimir, com uma estranha mímica, em seu idioma de origem. Ela informou a todos que ele só falava magiar, e que o melhor era mesmo ignorá-lo, pois ele não saía daquela mímica incompreensível. Além do mais, sua algaravia era, depois de algum tempo, insuportável.

Os amigos foram chegando, e ela foi generosa com as bebidas. Só controlava a quantidade de álcool que o estrangeiro ingeria, não fosse ele ficar inconveniente e atrapalhar seus planos. Ela mesma só bebeu água. Em certo momento, pediu a alguns amigos que a ajudassem a levar o visitante para a rodoviária. Uma amiga, que tinha carro, prontificou-se a dirigir. Um outro rapaz foi até o quarto pegar a mala, que não era nem muito grande, nem muito pesada. Uma mala honesta, que não provocava suspeitas.

Deixaram a festa sem que os outros nem sequer notassem, e lá foram os quatro para a rodoviária. No caminho, como se suspeitasse, o estrangeiro começou a chorar. Eram lágrimas silenciosas, que enchiam seus olhos súplices e depois se derramavam pelas faces magras, e acabavam pingando sobre o colarinho de poliéster. Ela também sentia um aperto na garganta, mas se esforçava para manter os olhos secos e a cabeça funcionando sem sentimentalismos.

Ao chegarem à rodoviária, aceitou a ajuda do rapaz para retirar a mala do carro, mas disse que não havia necessidade de saltarem. Eles que esperassem no carro, que ela não demorava. Entrou no saguão, colocou a passagem que tinha comprado para Goiânia na mão do magiar, e sentou-o num banco, próximo à plataforma de onde o ônibus ia sair dali a poucos instantes. Encomendou-o a uma mulher, de aparência simples, explicando que ele era estrangeiro e não sabia falar português. Pediu-lhe que, quando ela fosse embarcar, que o levasse. Depois, num impulso, foi até o bar e comprou alguns biscoitos e refrigerantes e deu para ele. Agora que ele estava prestes a partir, ela se deixou emocionar. Contemplou o rosto molhado de lágrimas do homem, e sentiu que seus próprios olhos se umedeciam. Antes que as lágrimas se formassem, porém, ela escapuliu, deixando-o docilmente sentado no banco da rodoviária. Nem sequer olhou para trás.

De volta ao carro, sob a proteção de seus amigos, sentiu que as lágrimas desciam pelo seu rosto. Os colegas acharam que ela era mesmo uma sentimental, que já fizera mais do que sua parte, onde já se viu uma coisa dessas, uma prima que ela nem sequer conhecia, incomodá-la desse jeito, fazendo-a hospedar e se preocupar com um perfeito estranho que nem sequer falava português.

Ela escutava as ponderações dos amigos, calada. Eles não podiam saber, mas suas lágrimas eram de alívio. E se tornavam mais abundantes à medida que se aproximavam de casa, sua casa, que ela conseguira livrar de infestações. Estacionaram o carro e caminharam os poucos passos até a entrada do prédio. Secando as lágrimas, ensaiou um sorriso, aliviada. Quando esperavam pelo porteiro para abrir a porta, os três viram uma barata que caminhava às tontas pela rua. A amiga gritou, assustada, o amigo quis matar o inseto que fugiu e se escondeu numa fresta. Ela observou a cena, com alguma emoção. E deu de ombros, ao constatar que nenhum crime havia sido cometido.

# 4%

Seu vício tinha começado por mera curiosidade. Olhava toda aquela gente se agitando, com as brasinhas luzindo na ponta dos dedos, as bocas abertas em O soltando rodelinhas de fumaça que subiam e se dispersavam, esgarçadas, no ar que tremia nas tardes quentes do parque. Achava aquilo tão engraçado, tão... tão humano! Acabou cedendo à curiosidade e experimentando uma guimba a seu alcance. Sufocou, tossiu, mas todos à sua volta acharam graça nos seus gestos, riram de sua confusão, e bateram palmas, divertidos. Sentiu-se encorajada a tentar outra vez. Rindo, com os lábios bem arreganhados e olhando para uns e outros, estendeu os dedos compridos, como que pedindo outro cigarro, que já veio aceso, entregue por uma figura cômica, no exagero de sua barriga, e nas roupas suadas e cheirando a azedo. Continuou se engasgando, e provocando o riso e o aplauso das pessoas a seu redor. Com as últimas tragadas começara a sentir o corpo formigando, e uma zonzeira boa. Teria ficado dormindo ali mesmo na sombra, ressonando, mas as pessoas não paravam de se agitar e de fazer ruídos altos, alvoroçadas. Então, cansada e ligeiramente nauseada, deu as costas aos visitantes e foi para dentro, dormir.

\* \* \*

Seu companheiro andava macambúzio, pelos cantos. Ela o chamava, passava os dedos pela sua cabeça, fazia-lhe cafuné, mas ele não respondia, não se animava. Procurava os cantos mais remotos, os lugares mais afastados, e cobria a cabeça com as mãos e os braços dobrados. No princípio, ela ainda ia atrás dele, tocava-o, instigava-o. Depois ia só olhá-lo, passava muito tempo olhando para seu corpo cada dia mais magro, seus olhos cada vez mais mortiços. Ao final, ficava espiando-o de longe, com um cigarro preso entre os dedos longos, pitando, pitando...

\* \* \*

Os dois vieram buscá-lo, com a roupa cinzenta de trabalho. Levantaram seu corpo magro sem demonstrar nenhuma reverência. Puseram-no em cima de uma maca e já iam saindo quando ela, enlouquecida, se precipitou sobre eles, raivosa. Um deles soltou uma risada nervosa antes de dar um grito para fazê-la recuar. Ela continuou agarrada na maca, tentando puxar o corpo do companheiro de volta. Exasperados, os dois gritavam para ela sair, para largar, mas ela só se balançava na frente deles, e mal a soltavam jogava-se de novo sobre o corpo tão magrinho, só ossos. Um dos dois enfiou a mão no bolso e puxou um maço de cigarros. Pacientemente, acendeu um e puxou uma longa tragada. Com a cabeça virada para cima, expeliu a fumaça branca, cheirosa. Depois lhe ofereceu o cigarro aceso, com cara de esperto. Ela o fitou com seus olhos redondos, lacrimejantes, cheios de dor. Mas a fumaça cheirava, atiçava sua vontade, e ela capitulou, pegando o cigarro com seus dedos longos e destros, e se afastando para fumar sossegada. Puxava tragadas enormes, sentia seu peito arder. Entre uma e outra, jogava a cabeça para trás e soltava gritos inarticulados, que pareciam sair não de sua garganta, mas de algum lugar muito mais profundo, do centro de toda a dor.

\* \* \*

Sozinha, ela já não achava graça na sua rotina. Inapetente, malcriada, brincava com a comida e deixava-a cair no chão, atraindo moscas e outros insetos, que ela depois se distraía em perseguir. Agitada, percorria suas acomodações, jogava-se de encontro à parede, protestando contra a solidão, contra o tédio, contra o vazio que crescia apesar dos visitantes que se multiplicavam a seu redor. Seu único consolo parecia ser os cigarros que ela conseguia obter ora dos visitantes ora do homem que fazia a manutenção de sua casa. Ele vinha regularmente, trazia-lhe cigarros, acendia para ela e lhe fazia companhia. A princípio, ela ficava longe dele, fumando com sofreguidão, mas desconfiada, arisca. Com o tempo, passou a esperar por ele na porta, acompanhava-o em suas lides, sentava-se ao lado dele e compartilhava uma fruta, ou uma bebida. O cigarro ficava para o final da visita.

\* \* \*

Gostava de passar tempo a seu lado. Ele já era maduro, seu cheiro era estranhamente perturbador, e usava umas roupas engraçadas, escuras e gastas. Seu corpo era quase sem pêlos, a cabeça totalmente calva, e seu sorriso deixava a desejar, com falhas nos dentes miúdos demais para seu rosto. Ele quase não falava, e ela apreciava isso. Afinal, quase todos os sons eram sempre supérfluos. Os únicos que a embalavam eram os de música, podia ficar toda a tarde escutando, ao seu lado, o radinho de pilha que ele sempre trazia consigo e equilibrava, quando chegava, na mureta. Se ele a acariciava, ela ficava feliz. Às vezes até o procurava, e puxava a mão dele, colocando-a sobre sua cabeça. E ele sempre trazia cigarros, e a fumaça a consolava.

\* \* \*

Com o balde já vazio, depois de alimentar os animais e limpar as jaulas, ele se sentava para fumar um cigarro. Deixava aquele lugar por último, era o mais sombreado e fresco, com a antiga árvore, testemunha de outras eras, estendendo os galhos e necessitando de poda. A dona da casa tinha se afeiçoado a ele e sempre o esperava na porta. Não sabia se o que a agradava era sua presença, ou o fato de que ele, contrariando as regras, sempre lhe dava cigarros, mesmo antes de constatarem que ela havia se viciado e que agora os cigarros deviam fazer parte de sua ração diária. Os dois fumavam calados: ele, pensando na vida, ela, sabe-se lá em quê. Sentado, com a mão calosa brincando com suas orelhas engraçadamente grandes, ele escutava o canto dos pássaros aflitos em voltar para seus ninhos, antes que a noite tornasse impossível o seu vôo. Pensava no seu próximo retorno para casa, no caminho a pé, depois no aperto do trem. Seu sonho era poder ir e voltar do trabalho sentado, com espaço suficiente para ler o jornal, de página aberta. Mas já se encontrava perto da aposentadoria e sempre ia e voltava de pé, pendurando-se numa alça, fazendo malabarismos. Quando chovia muito, as ruas alagavam e ele precisava fazer seu caminho a pé mesmo, pendurando-se nas grades das casas quase afogadas, fazendo movimentos que se assemelhavam aos dos macacos assustados no zoológico. Só conseguia ler o jornal nos fins de semana, e vingava-se. Lia tudo, todas as seções, até os anúncios. Sentado ali ao lado dela, acumulando forças para enfrentar o caminho de volta, lembrou-se das leituras da véspera, falando de genomas. Ele não sabia bem o que era isso, mas espantava-se com o fato de que, fosse lá o que fosse, os homens e os chimpanzés tinham 96% de genes iguais. Olhando para o lado, ele viu que ela fumava, absorta, a cabeça meio inclinada para trás, soltando baforadas pela boca e pelas narinas. Ao se ver observada, esboçou seu riso arreganhado, esticando muito os beiços e mostrando os dentes e as gengivas. Ela era mesmo uma boa amiga. Tinham muito em comum.

# Segredos da carne

Ninguém comentava nada com ela. Precisava fingir-se de distraída enquanto as mulheres da casa falavam de namorados, de menstruação, de orgasmo. Era como um jogo de unir os pontos: com as informações que ia conseguindo amealhar, ela acabaria formando uma figura que fizesse sentido no meio daquela confusão em que se sentia metida.

Todos os dias seu corpo se rebelava, seus humores oscilavam. Sentia uma enorme tristeza, desde que acordava até o momento em que finalmente conseguia adormecer. Não tinha vontade de nada, para nada. Não queria mais tomar banho, muito menos lavar os cabelos, que desciam, cada vez mais oleosos, manchando a gola de sua blusa do uniforme. Olhava-se no espelho inconformada por não possuir olhos verdes. Seu rosto só teria jeito se, por milagre, a cor de seus olhos mudasse. Haviam-lhe dito que um fotógrafo podia fazer isso, ou até ela mesma, se soubesse mexer com computador. Ela sabia, mas sabia pouco. Seus horários no computador pré-histórico de casa eram reduzidos, só enquanto a mãe estava no trabalho, o que lhe deixava algumas manhãs livres e poucas horas no final do dia, depois da escola. De manhã, quando não tinha aula de inglês — uma perda de tempo, pois ela não queria falar com nenhum gringo —, ela queria era dormir, ou pelo menos ficar na cama, debaixo das cobertas, explorando o corpo que amanhecia quente e estranho, com novos pêlos e protuberâncias. Para que ir fuçar no escritório se o computador era velho, se a Internet era discada e caía toda hora, e se ninguém lhe tinha convidado para entrar no Orkut?

Todas as suas amigas pareciam saber mais do que ela, que se esforçava para parecer experiente. Nem sequer abaixavam a voz quando mencionavam algum dos assuntos tabus. E riam: de tudo, de todos, mas principalmente dela e de sua vergonha. Uma vergonha enorme, imensa, que a submergia em ondas poderosas e sufocantes, impedindo-a de falar, de rir, de viver. Então ia se distanciando, atrasando os passos para não andar ao lado de ninguém na rua, puxando o cabelo ensebado para o rosto, virando uma pessoa anti-social, como a mãe a havia rotulado.

Sua mãe era mais um motivo de exasperação. Bonita, divorciada, cheia de exageros e de palavras ferinas, era um espinho múltiplo que se cravava, sem piedade, em todas as suas suscetibilidades. Tinha poucas horas para passar com ela, sempre trabalhando, ou namorando. Às vezes, numa crise de remorso, resolvia passar mais tempo com a filha "negligenciada", como uma vez a escutara dizer referindo-se a ela. Obrigava-a a se banhar e a vestir roupas ridículas que a faziam pagar mico, pagar verdadeiros kongs, na rua. E, uma vez, chegara ao cúmulo de levá-la num fim de semana com o namorado, de vela. Ela rezava para que a mãe a deixasse em paz e a negligenciasse de vez. E, depois, sentia as lágrimas escorrerem pelo seu rosto, numa crise de autopiedade que podia ir até aos soluços.

Num fim de semana, a grande surpresa: um homem de *jeans* e sem camisa preparando café em sua cozinha. Foi a primeira de muitas dessas aparições, que se tornaram corriqueiras. Ela agora precisava escutar antes de sair do quarto, farejar o ar para ver se sentia o cheiro da colônia masculina, ou de café fresco sendo preparado na cozinha. Antes do homem, precisava fazer seu próprio café, ou requentar a bebida que encontrasse esquecida na garrafa térmica. Como era folga da empregada, não tinham pão nos finais de semana, e ela esquentava um pedaço de pão velho até queimar, sobre a chama do fogão. Preferia comer o pão queimado e beber café requentado a ter que lavar as louças intermináveis que sujaria para fazer um café decente. A mãe acordava tarde, e, em vez de preparar sua própria refeição, pedia-lhe um cafezinho. Ela negava — não tem —, alegava —, e a mãe, dependendo do humor, poderia começar uma de suas intermináveis lamúrias, chamando-a de imprestável, pouco colaborativa. Emendava com um sermão sobre a necessidade de estar sempre preparada para as múltiplas tarefas que a vida exigia das mulheres, e da importância de dividirem as responsabilidades e de tomarem a iniciativa.

Refugiada em seu quarto, ela esperava que a mãe terminasse, e passava o dia com fome, socorrendo-se de biscoitos e frutas, ou daquilo que encontrasse. Às vezes, a mãe acordava de bom humor, propunha saírem para almoçar, não num dos restaurantes elegantes, mas num que servisse comida caseira simples, com toalhas deselegantemente cobertas por folhas de papel, e porções fartas, que lhe estufassem o estômago, permitindo-lhe sentir-se satisfeita até o dia seguinte.

Depois do surgimento do homem, as coisas começaram a mudar. Ele acordava cedo, fazia café, depois saía para a rua e voltava suado, mas sobraçando um pacote de padaria cheio de pães, presunto, queijo, biscoitos. Às vezes ele trazia um bolo, outras vezes — delícia suprema —, biscoitos cobertos de chocolate. A presença dele na cozinha passou a não incomodá-la mais. Sem sorrir, ela até ensaiava uma ajuda, colocando a louça na mesa, ou aquecendo o leite no microondas. Ele nunca lhe pedia nada, e sempre agradecia o que ela fazia, elogiando a maneira como dobrava os guardanapos, ou comentando que o leite estava no ponto certo, nem muito quente, nem muito frio, do jeito mesmo que ele preferia para fazer chocolate quente, e preparava duas xícaras de um chocolate grosso e saboroso que compartilhava com ela. A mãe já não acordava mal-humorada, vinha para a cozinha com suas lindas camisolas combinando com os chinelinhos de fustão, e ria da "mania" que a filha tinha de dormir de *short* e camiseta velhos, e de zanzar pela casa descalça ou com uma sandália arrebentada e consertada com fita isolante. Ela abaixava a cabeça, rubra de ódio, engolindo as palavras que revelariam que a única camisola que lhe servia ainda era uma de malha, desbotada e velha, mas que cedia e esticava à volta de seu peito, cada dia mais doloridamente crescido. E escapulia para o quarto, onde voltava a se deitar, colocando fones de ouvido para escutar as músicas de sua preferência.

Na maioria das vezes ela ficava no quarto, muito quieta, escutando os ruídos lá fora, e imaginava os dois se beijando na cozinha, enquanto terminavam a refeição e cuidavam da louça suja. Quando tinha coragem, entreabria a porta devagar, e, depois de certificar-se de que ia passar despercebida, se esgueirava até o ponto do corredor que lhe permitisse ver sem ser vista. Seus olhos cresciam, vendo as mãos do homem que seguravam os ombros da mãe, e que, disfarçadamente, roçavam nas costas, nos peitos, em todos os locais onde a pele morena da mãe não estivesse coberta por rendinhas e frufrus.

Uma sensação de calor a invadia, e fazia-a suspirar, e apertar as pernas como se estivesse com vontade de fazer xixi. Isso a fazia ir ao banheiro e preparar um banho bem quente, onde se deixava ficar, de olhos fechados, as pontinhas do peito bubuiando, até que a água esfriasse e sua pele se enrugasse como um plissê.

O homem passou a ficar para o almoço e para o jantar. E, depois do jantar, sentavam-se todos na sala para assistir a um filme alugado, ou saíam os três para o cinema, se ela aceitasse o convite. O homem deixava as duas sentadas nas poltronas confortáveis e ia comprar balas, refrigerantes e pipoca. Trazia a bandeja como um troféu, e era repreendido pela mãe, que falava em exagero e dieta, e saudado pelo brilho guloso do seu olhar, que aprovava todas as escolhas que ele tinha feito: o sabor das balas, o tipo de chocolate, o tamanho do refrigerante. No escuro do cinema, ela sentia a mão dele, quente e forte, lhe passando mais um pedaço de chocolate, ou um de seus dedos, rijos, passando pela sua boca para limpar algum vestígio de bala que ele estivesse vendo sob a luz mágica das imagens da tela.

Aos poucos se acostumou com as atenções. E não fugiu mais com o rosto quando ele, de manhã, arriscava beijá-la, arranhando suas faces com a barba ainda por fazer. Os abraços se seguiram naturalmente e ela mesma tomava a iniciativa de segurar a mão dele nas cenas mais assustadoras dos filmes que assistiam. Caminhavam os três, de mãos dadas, na areia da praia, seguindo pela linha d'água, fugindo e se embolando quando a onda ameaçava molhar. Ela já não fugia dos banhos, os cabelos, muito lavados e escovados, brilhavam, azulados de tão negros. O homem lhe dava apelidos, chamava-a de asa da graúna, e contava-lhe a história por trás do apelido, fazendo-a chorar pelas dores de amor entre Iracema e Martim. No Natal ele lhe deu o livro de presente, e, de noite, sentado a seu lado no sofá, abraçou-a durante a leitura, colocando sua cabeça apoiada contra o peito dele, que subia e descia embalando-a com sua respiração. Quando ela ia virar as páginas, ele fazia questão de ajudá-la, e seus gestos, tolhidos pela posição em que se encontrava, eram desajeitados. Suas mãos esbarravam nela, desequilibravam o livro, chegaram a lhe dar um choque ao, acidentalmente, roçarem muito de leve o bico de seu peito. Assustada, ela parou a leitura, alegando sono, e se refugiou no quarto, onde ficou muito tempo de olhos abertos, no escuro, escutando as batidas do próprio coração.

Ela não soube dizer se os esbarrões eram provocados por ele ou não. Um dia, meio brincando, acusou-o. Ele revidou, dizendo, também brincando, que ela é que esbarrava nele a toda hora. Depois, com muita compreensão, explicou-lhe que aquilo era uma das características da adolescência, e essa falta de jeito, uma decorrência do crescimento súbito de partes do corpo. Ela refletiu, achou que ele tinha razão. Afinal, vivia derrubando coisas, quebrando pontas de lápis, emperrando fechos. No entanto, ainda se encolhia toda quando as mãos dele, ou o seu cotovelo, resvalavam sobre seus peitos ou suas coxas. Mas o que a incomodava também tinha um lado prazeroso, e ela havia passado a esperar os toques fugazes, e os contatos, antes instantâneos, foram ficando cada vez mais demorados, até que perderam de vez sua casualidade. Sentada a seu lado, no sofá, mesmo com a presença da mãe na sala, o cotovelo dele se insinuava sobre seu corpinho até chegar ao nicho de suas coxas, e aquecê-la com sua insistência. Ela procurava empurrar o braço dele dali, mas, temerosa de que a mãe notasse alguma coisa, seus esforços eram malsucedidos, só faziam dar mais chance a que ele tocasse diferentes partes de seu corpo. Quando ela ficava mais agitada, ele reagia, inesperadamente, dizendo em voz alta para que ela parasse de se remexer, que assim não podia acompanhar a leitura, e encerrava a atividade, levantando-se e indo fazer outra coisa, deixando-a envergonhada e culpada, enfrentando os olhares críticos de sua mãe, que a censuravam.

Um dia, estavam indo os três para a praia, quando a mãe, que já ia entrar no elevador, lembrou-se de que tinha esquecido alguma coisa em casa e voltou. Ela reagiu rapidamente, escapulindo pela porta aberta, gritando que ia pela escada. Desceu, achando-se livre e esperta. Escutou a porta do elevador se fechando e o ruído pneumático que se seguia. Ela riu. No próximo lance de escada, porém, ele a aguardava. Isso não estava previsto, não era para acontecer dessa maneira, ela quis gritar, mas o homem já a dominara, suas mãos puxavam-na para junto dele, sua boca cobria sua boca que suplicava, baixinho e chorosa, repetindo não, não. Os dedos dele penetraram pelo decote de seu maiô, expuseram seu peito dolorido às carícias que a faziam estremecer de dor e de susto. Depois se meteram pelas cavas das pernas, intrometeram-se entre os ralos pêlos que cobriam seu sexo, melaram-se nos seus medos e vieram até sua boca, obrigando-a a sentir o gosto de seu próprio pavor. Ela chorava, o rosto inchado de vergonha e ódio, queria atirar-se pela escada abaixo. O homem levantou-a no colo e foi levando-a até o térreo, onde a mãe, preocupada, os aguardava. Ela soluçava, enquanto o homem explicava à mãe que ouvira um barulho e a encontrara caída na escada. A mãe olhava para ela e abanava a cabeça, comentando sua falta de modos ao descer a escada.

Ela não foi à praia. Quis ficar em casa sozinha, e a mãe deu de ombros, perguntando-se se a adolescência da filha ainda iria demorar muito. A menina, em casa, procurou desesperadamente uma chave para a porta de seu quarto, que nunca havia sido trancada antes. Não encontrou. Colocou uma poltrona atrás da porta e se deixou ficar na cama, sentindo-se pequena e suja.

Quando a mãe e o homem voltaram para casa, foram procurá-la no quarto. A mãe sentiu-se ofendida com a tentativa de mantê-la de fora, com aquela poltrona "ridícula" atrás da porta. Aquilo era mesmo "ridículo", ela estava se comportando de uma maneira "insuportável", a mãe não agüentava mais aquela "dramaticidade" toda, e se achava no direito de ter um pouco de "paz". Não via a hora de aquela "fase" passar. Foi chorando para o quarto, apoiada no homem que a acariciava compreensivo, e lhe dizia coisas ternas.

Mais tarde, quando todos pareciam adormecidos, a menina sentiu que a porta de seu quarto se abria lentamente. A poltrona, que ela havia recolocado atrás da porta, não era suficientemente pesada para impedir que a porta se abrisse. O peso do homem é que era demasiado para permitir-lhe a fuga, e foi na escuridão e na dor que ela finalmente conheceu os segredos da carne, pelos quais tanto havia ansiado.

# A cartomante

Diziam que ela era demais. "Infalível." "Acerta tudo." "Comigo foi batata." De tanto ouvir, resolveu ir consultá-la. Era sua primeira vez numa cartomante, não sabia o que esperar. Uma mulher de turbante, caricata? Unhas longas, baralho ensebado? Um olhar cigano, penetrante? Examinou o panfleto mais uma vez: rua Barata Ribeiro, um endereço que não lhe parecia nada místico. A entrada do prédio ficava numa galeria, cheia de lojinhas minúsculas e de aparência muito pobre. Aqui um armarinho, ali uma oficina de consertos de eletrodomésticos, um boteco encardido, uma loja de macumba, com suas Iemanjás, suas figas de Guiné e figuras grotescas de mulheres e homens com o rosto vermelho e sorrisos sinistros. Tudo entre guirlandas de fumo-de-rolo e galhinhos de arruda.

Hesitou. Não gostava muito dessas coisas, tinha cismas e medos, inculcados por uma empregada que sempre lhe contava histórias terríveis com muitas encruzilhadas, galinhas decapitadas, charutos, cachaça e óleo fervente. Mas tratava-se de uma cartomante, Mme. Olenska. Não se fazia nenhuma menção a "trabalhos" nem a feitiços, e os amigos diziam que ela era extraordinária. "Parecia até que me conhecia", foi o comentário de uma colega dos tempos de faculdade, e que agora trabalhava no Arquivo da Cidade. Entrou na portaria propriamente dita, escancarada e suja. Havia uma mesa de madeira sobre a qual se enferrujava um porteiro eletrônico, mas ninguém para manejá-lo. Olhou desconfiado para o elevador, chamou-o, mas desistiu de utilizá-lo quando percebeu que ele não parava no nível e que ainda tinha porta pantográfica. Procurou a escada. Afinal, era logo no segundo andar, e subir escada era um bom exercício. A escada, como todo o resto, estava imunda. Um cheiro nauseabundo saía das aberturas das lixeiras, emporcalhadas e mal fechadas, em cada andar. Esforçando-se para não respirar, subiu os dois lances o mais rápido que pôde, e procurou, entre as muitas portas que espreitavam no longo corredor, a de número correspondente ao panfleto.

Tocou a campainha, cujo som lhe pareceu absurdamente alto. A porta ao lado daquela em que batia se abriu, e uma velha curiosa mediu-o de alto a baixo com o olhar de quem avalia uma mercadoria. Com um muxoxo, fechou a porta antes que a dele se abrisse. Ele olhou surpreso para dentro.

— Entre, por favor — ordenaram-lhe, com voz rouca.

Muito cigarro, pensou, julgando pela voz e pelo cheiro de cinzeiro que empesteava todo o apartamento. Tratava-se de um conjugado, e tudo ali dentro parecia ter sido recolhido no lixo. A mesa de fórmica, com duas cadeiras cambaias, a cortina que "dividia" o apartamento em dois "ambientes", o sofá horrendo, coberto com uma colcha de chenile já meio careca e muito desbotada, as flores de plástico.

— Não diga nada, você veio aqui para... — olhou disfarçadamente para o panfleto que ele ainda trazia nas mãos — ... se consultar com Mme. Olenska.

— Ela está?

— Sou eu mesma — respondeu, com um risinho afetado.

Seu espanto teimou em demonstrar-se em seu rosto: Mme. Olenska não era uma mulher.

— Surpreso? — riu, acostumado. — É só um minuto que vou me preparar.

Sumindo por trás da cortina estampadinha, que não passava de um trapo esticado no que ele supunha fosse o meio do conjugado, Mme. Olenska deixou-o a sós com seu arrependimento. Ele não devia ter vindo. "Que vergonha!" Uma cartomante travesti, a vizinha do lado julgando que ele era um "amigo", esse desconforto de se ter deixado levar pelo seu lado crédulo. Cartomante para quê? Quem é que precisa saber o futuro? Ele vai acontecer, mesmo. Não tem jeito. Para que antecipá-lo? E, depois, quem é que lê o futuro? Como ler uma coisa que ainda não se escreveu?

Mme. Olenska voltou. Tinha passado um batonzinho básico, e vestido um penhoar cheio de babados, inspirado em alguma fantasia de rumbeira dos anos 50. Nas mãos um baralho Copag, daqueles mais vagabundos, e novinho. Os cabelos oxigenados se eriçavam desordenados, como antenas que estivessem sentindo a presa antes do bote de um inseto desconhecido.

— Sente-se nesta aqui, é mais firme — ordenou, apontando uma das duas cadeiras mambembes. Antes de começar, limpou a mesa com a manga do penhoar. Ele se lembrou de um programa da TV Educativa, que falava de ópera. A cantora se vestia com uma roupa parecida com a de Mme. Olenska, só que a roupa da cartomante era velha, muitas vezes lavada, gasta. As mãos de Mme. Olenska, em contraste com o ambiente e a roupa, eram lindas. Longas, de unhas bem tratadas e pintadas de um cor-de-rosa discreto, manipulavam o baralho com destreza. Quase nem se notava a mancha de nicotina entre o indicador e o dedo médio da mão direita. Desviando o olhar de repente, percebeu que a cartomante o examinava. Ao ver-se flagrada, sorriu, e ele se retraiu com a visão dos dentes enegrecidos pelo fumo, desalinhados, repulsivos. Baixou os olhos como que surpreendido em uma má ação.

Mme. Olenska continuou a baralhar as cartas destramente. Ele supunha que continuasse a ser examinado. Começou a se sentir mal, o cheiro de cigarro tornava-se insuportável, e ele começou a achar que ia vomitar.

— Você está arrependido de ter vindo — decretou a cartomante, num tom um tanto lamentoso.

— Não, não — protestou fracamente. — Mas não tenho muito tempo, estou na hora do almoço, tenho que voltar para a loja.

— Esse seu emprego não lhe convém, mas não pense em largá-lo agora, pois as coisas estão difíceis e não estou vendo boas perspectivas para você nessa área. Faça o favor de partir o baralho em três.

— Em três?

— Sim, e agora parta este montinho do meio mais duas vezes, e coloque assim, em formato de cruz.

— De cruz?

— Sim, de cruz. Você não sabe que cada um de nós carrega sua própria cruz? A sua está aqui, se revelando toda para Mme. Olenska: é a sua timidez com as mulheres. Não adianta negar. Você não tem namorada e não tem coragem de se aproximar da pessoa amada — desenganou-o —, e ela não ama você. — Continuou, compassiva: — Mas eu vejo aqui dois amores. Está vendo? A rainha de copas e a rainha de espadas. Uma é mais distante que a outra, mas as duas demonstram certo interesse em você. Só que, infelizmente, vê? Tem esse valete de paus que se intromete entre você e uma delas. — Advertiu: — Cuidado com os falsos amigos. Este se finge de amigo, mas ele só quer se aproveitar para dar um bote bem dado. Mas, veja. Olhe bem este rei de ouros. Ele está numa posição benévola, e pode lhe abrir muitos caminhos. É alguém graduado, seu gerente, ou um tio, alguém que você respeita, e que lhe abrirá muitas portas. — Examinou as cartas com ar intrigado. — Ah, mas espere. Muito cuidado. Está vendo esta carta?

Mostrou-lhe um dois de paus. Ele olhou para a carta e não viu nada demais naquele número mansinho, nas volutas do naipe. Mme. Olenska brandiu a carta freneticamente à sua frente.

— Cuidado com o dois de paus. Muito cuidado, pois é uma carta maléfica. Simboliza alguma catástrofe: perda, roubo, até morte. Tem alguém doente na família? Não? Mesmo assim, muito cuidado. O dois de paus é traiçoeiro.

Ele começava a impacientar-se. Queria dar por terminada a consulta e sair dali, livrar-se daquele ser escuso, daquele apartamento malcheiroso, de toda aquela situação equívoca. Resolveu levantar-se.

Mme. Olenska protestou:

— Já vai? Mas ainda nem lhe disse o seu futuro...

Ele se embaraçava, sem saber como pagar.

— Não cobro nada, não. Faço isso porque tenho esse dom. E como recebi o dom de graça, não posso cobrar por utilizá-lo.

Ele ficou contrariado. Esse tipo de conversa só servia para a gente enfiar mais fundo a mão no bolso, raspar até o começo de economia para comprar o tênis desejado.

— Fique, por favor, é para o seu cigarro... Os maços estão cada vez mais caros...

Mme. Olenska apressou-se em recolher as notas oferecidas, e aproveitou-se para segurar-lhe as mãos. As belas mãos da cartomante eram quentes, febris. As dele estavam geladas. A cartomante pareceu ter um arrepio.

— Cuidado. Muito cuidado. As suas mãos estão frias como a morte, e aquele dois de paus...

Ele se desvencilhou e saiu, apressado. Desceu a escada correndo, quase escorregou no lixo acumulado, continuou correndo pela galeria, procurando a luz da rua, seus barulhos, um ar livre daquela atmosfera. Na esquina, não percebeu o sinal vermelho. Nem ouviu o som que seu corpo fez ao ser atingido pela kombi. Nem sequer percebeu que perdera um pé do sapato. A última coisa que notou foi o letreiro luminoso de um bingo, onde se destacava, piscando, o desenho de uma carta de baralho. Mas era um ás de ouros.

# Trilogia telefônica

Quando sentiu a vibração, achou que era ela. Sem os óculos, não conseguia ler o número que aparecia na telinha, mas só podia ser ela. Era sempre naquele horário que ligava, um pouquinho antes das quatro, como se estivesse avisando o horário do cafezinho.

Atendeu, resignado. Será que ela nunca desistiria? Quantas vezes ele teria que repetir que era um engano, que aquele era um telefone celular e que pertencia a ele, e não a uma D. Irene, de quem jamais ouvira falar?

A voz, aflita, perguntou pela desconhecida, e ele, pacientemente, repetiu a explicação quotidiana: não havia uma D. Irene, não conhecia nenhuma Irene. A voz, insistente, perguntou-lhe se nunca tinha ouvido falar na D. Irene.

Respondeu que as Irenes que conhecia não passavam de personagens, tão fugazes que habitavam apenas coisas efêmeras como versos e canções. Uma ria e a outra já estava morta.

Ouviu sua própria voz ecoando na péssima conexão — estava morta —, e ficou arrependido pela escolha de palavras. Confrangeu-se ainda mais ao escutar o soluço aflito do outro lado da conexão, tão ruim, cheia de falhas, que ameaçava a desfazer-se. Tentou explicar, quis recitar os versos singelos falando de uma Irene acolhida no céu sem precisar pedir licença, mas antes que pudesse dizer mais alguma coisa o telefone emudeceu e a conexão se perdeu. Nos outros dias, a ligação se repetia, mais duas ou três vezes antes que a voz se conformasse com a impossibilidade de falar com a D. Irene. Dessa vez, porém, não houve mais insistência. Ele saiu de sua mesa, foi tomar o café que lhe dava ânimo para enfrentar mais duas ou três horas de trabalho, voltou para sua sala, e o telefone sempre mudo. Acabou mergulhando na papelada urgente, na reunião com os colegas, nas decisões inadiáveis da rotina.

No dia seguinte, um pouquinho antes das quatro, interrompeu o que estava fazendo, distraído. Faltava-lhe algo, mas, a princípio, não soube dizer o quê. Depois percebeu que sentia falta do telefonema cotidiano, daquela voz aflita e ansiosa procurando por D. Irene. Aguardou por instantes que a chamada viesse, mas o telefone continuava mudo e inerte no bolso de seu paletó. Intrigado, retirou-o do bolso e examinou-o, para ver se não tinha, acidentalmente, desligado o aparelho. Ou talvez tivesse esquecido de carregar sua bateria, o que explicaria seu silêncio. Não, tudo estava normal, o telefone piscava sua luzinha verde, e indicava um bom sinal de recepção. Ele, contudo, não conseguia se concentrar, aguardando a ligação que se demorava. Foi com alívio que sentiu o aparelhinho vibrar em suas mãos, e antes mesmo de verificar o número atendeu, disposto a descobrir mais sobre aquela D. Irene tão desejada. Ficou surpreso quando reconheceu a voz de um colega, que o convidava para um chope. Recusou, alegando um compromisso inexistente, e apressou-se em desligar. Verificou o relógio. Já passava das cinco. A ligação não viria mais. Resignado, foi tomar o café habitual, mas sua cabeça começou a doer, talvez pelo atraso de sua dose de cafeína. Sem condições de trabalhar, acabou indo para casa mais cedo.

No dia seguinte, muito antes das quatro, retirou o telefone do bolso e colocou-o em cima de sua mesa de trabalho. Teve o cuidado de verificar que o som estava ligado, mas, mesmo assim, não dispensou a vibração que podia acompanhar o som. Colocou o aparelhinho bem à sua frente, e, em vez de dedicar sua atenção ao trabalho, concentrou-se na espera da ligação, planejando as perguntas que faria para descobrir mais sobre D. Irene. Talvez ele pudesse ajudar a voz aflita a encontrá-la. Perguntaria o sobrenome, a idade, o local de residência, a profissão, tudo o que pudesse jogar alguma luz sobre aquela D. Irene.

Os minutos se arrastavam. Pouco antes das quatro horas, suando, esgotado, concentrou-se, fitando intensamente o aparelho, como se pudesse fazê-lo tocar através da força de seu pensamento. Era tamanha a sua concentração que não percebeu a entrada do chefe, que precisou sacudi-lo para tirá-lo do transe em que se encontrava. Viera buscá-lo para examinarem, juntos, umas peças na fábrica, e ele se viu obrigado a sair, deixando o telefone sobre a mesa. No final do dia não veio buscar o aparelhinho, na esperança de se libertar do que começava a sentir como uma obsessão.

Custou a conciliar o sono. Seu pensamento revoava à volta do mesmo assunto, e o descanso só veio tarde, com a esperança de que a voz tivesse ligado e deixado uma mensagem.

Seu dia amanheceu promissor. No jornal, as manchetes não eram tão desanimadoras como de costume. A vitória de seu time de futebol, o sucesso da campanha da seleção de vôlei ocupavam mais espaço de manchete que o último escândalo de corrupção e os dois corpos encontrados algemados e baleados num lugar público. Saboreando o café forte da manhã, continuou a leitura do jornal e foi até a página do horóscopo. Com um sorriso entre descrente e esperançoso, leu que o dia lhe seria propício e que encontraria pessoas que o ajudariam em sua busca.

Foi sorridente que entrou no escritório, e com mão confiante que pegou o aparelhinho deixado na véspera sobre a mesa. Sim, haviam lhe telefonado, a caixa de mensagens tinha "cinco novas mensagens, nenhuma mensagem antiga". Pressionou as teclas necessárias, escutou, sem muita atenção, as vozes que lhe deixavam recados mais ou menos concisos, mas não reconheceu a única voz que lhe interessava no momento. Talvez a voz, desanimada, tivesse desligado ao se ver atendida pela secretária eletrônica, ele raciocinou, e, com dedos ágeis, procurou as chamadas perdidas. Nada. Foi à lista geral de chamadas, mas o telefone só guardava as últimas, e ele era uma pessoa requisitada, os telefones que apareciam na tela correspondiam todos a nomes em sua agenda. O último número encheu-o de esperança, pois era desconhecido. Procurou nos detalhes, para ver de quando era a chamada, e data e horário correspondiam àquela última ligação entrecortada e fatídica. Sem se dar tempo para refletir, ligou para o número. Um toque, dois, e uma voz masculina e roufenha atendeu. Ele não tinha nada a dizer para aquela voz, desconhecida e ligeiramente antipática. Desligou sem falar nada.

Pensou que ainda lhe restava uma chance. A voz sempre fora pontual, ligava diariamente um pouquinho antes das quatro, e insistia umas duas ou três vezes, delicada, mas aflita. Aguardaria pelo horário costumeiro e, se ela não ligasse, ele voltaria a chamar. Estava confiante de que restabeleceria contato com aquela voz, e que voltaria a insuflar-lhe esperança, desfaria o mal-entendido da última ligação.

No horário de sempre, julgou sentir a vibração do aparelho, mas foi apenas uma impressão. O celular conservava-se inerte e mudo em suas mãos, ligeiramente suadas.

Aguardou um sinal de vida e, impaciente com a demora, tomou a iniciativa e ligou o número desconhecido. Ocupado! Desligou rápido, talvez as ligações se tivessem cruzado, era possível que ela estivesse ligando para ele. Com o coração acelerado, aguardou: dez segundos, quinze, vinte... Nada. O tempo se cristalizava e seus fragmentos pontiagudos percorriam seus nervos, deixando-os em frangalhos. Decidiu tentar mais uma vez. Dedilhou com firmeza o teclado, mas desistiu de completar a ligação. Era melhor esperar mais um pouco. Mas o horário avançava, em breve o momento mágico teria desaparecido. Ele precisava ligar, era sua última chance.

Com o coração acelerado entrecortando-lhe a respiração, ele pressionou a tecla que finalizava a ligação. Exultante, escutou a voz aflita e triste responder um alô desesperançado. Nesse exato instante, percebeu que não sabia o que dizer, não sabia a quem chamar, como se dirigir àquela que cotidianamente lhe instilava um grão de ansiedade em seu dia. A voz, intrigada, repetiu: alô!

Sem ter como iniciar a conversa, ele ia desligar, quando, numa súbita inspiração, falou com voz sumida:

— Aqui quem fala é D. Irene. Você queria falar comigo?

\* \* \*

A mulher atendeu o telefone e teve que repetir o alô, já que a resposta não veio imediata.

— Alô!

Do outro lado da linha, uma voz, que ela podia jurar que fosse masculina, respondeu emocionada:

— Aqui quem fala é D. Irene. Você queria falar comigo?

Aquele início inusitado de conversa deixou-a perplexa. Não conhecia nenhuma Irene, e aquela voz grossa, com tons quentes de barítono, só podia ser masculina.

— Não, é engano.

Desligou, sem esperar pela resposta, mas tomada de inquietude. Por que um homem se identificaria como uma D. Irene? Seria algum código secreto? Olhou de soslaio para o marido, em casa, de licença, por causa dela, do momento difícil pelo qual ela estava passando. Ele olhava em sua direção, com ar interrogativo, mas ela fingiu que não percebeu sua curiosidade e voltou o rosto para o livro, tentando ler. A voz estava tão emocionada, até um pouco embargada. Provavelmente o sujeito também estava debaixo de algum tipo de estresse. Quem sabe ela devia ter escutado mais um pouco. Sobressaltou-se, pensando que talvez o interlocutor fosse um suicida em potencial, uma daquelas pessoas que se agarram a um último telefonema como a uma tábua de salvação. Se este fosse o caso, ela seria a responsável pela morte de uma pessoa, concluiu, horrorizada.

Ficou absorta, tentando imaginar uma maneira de consertar seu ato. Ela não tinha identificador de chamada, não tinha como recuperar a chamada. O que fazer? Será que a companhia telefônica, consultada, poderia verificar o número? Ela explicaria que era uma questão de vida ou morte, que precisava restabelecer o contato antes que fosse tarde, que iria para os jornais se eles não a ajudassem. Estendeu a mão para o telefone, mas o marido, sentado ali a seu lado, perguntou:

— Vai ligar para quem?

Sem poder se conter, tentou explicar suas suspeitas e a necessidade que tinha de salvar aquela vida. O marido abraçou-a com carinho, tentando tranqüilizá-la. Dizia que tudo não passava da imaginação dela, que era um simples engano, e que, mesmo que não fosse, era impossível que ela conseguisse ajuda da companhia telefônica, pois não ia conseguir falar com funcionários, o atendimento era feito através de *telemarketing*, ninguém sabia de mais nada.

A mulher deixou-se ficar aconchegada ao peito do marido, tentando dissipar a angústia que a assaltara, soltando soluços e lágrimas sentidos. Ele era um bom homem, amoroso, carinhoso, mas não a compreendia. Estava sempre querendo poupá-la, livrá-la dos aborrecimentos. Precisava reagir contra isso, mas não tinha forças.

Na verdade, ele tinha razão. Ela não ia conseguir nada, provavelmente se irritaria contra pessoas que não tinham nada a ver com a voz daquele pobre ser, tão confuso, que se identificara como D. Irene e que a procurara para auxílio. Alguém lhe estendera a mão, num pedido de ajuda e ela recusara, secamente, respondendo que era engano.

Vendo que a mulher não se recuperava, o marido levantou a hipótese de ser um trote. Tentando confortá-la, ia inventando uma história plausível: provavelmente um desocupado, que devia saber que ela era uma pessoa sensível, resolvera fazer uma brincadeira de mau gosto. Caluniou um colega de escritório, imputando-lhe a culpa.

— Ele sempre foi assim, mau caráter. E invejoso. Lembra-se de quando fui promovido, como ele tentou me prejudicar? Inventou histórias a meu respeito, tentou me intrigar com o chefe...

Ela assentiu, com a atenção desviada de sua angústia. Começou a acreditar no que ele dizia. Lembrava detalhes, coloria as lembranças com minúcias. Indignada, achou que ele devia revidar. Devia pensar em alguma represália, algo que fizesse que o outro parasse de persegui-lo, de uma vez para sempre. Esticando o queixo para a frente, com ar petulante, propôs que o marido telefonasse para o mau caráter e lhe desse uma lição.

— Agora?

Totalmente esquecida da angústia, ela determinava:

— Agora mesmo. Já! Liga para ele e diz alguma coisa forte, decisiva! Só não pode é xingar, pois aí você perde a razão.

Satisfeito com o resultado de seu estratagema, ele agora se apressava a pensar em algo que satisfizesse a necessidade de vingança da mulher e não lhe criasse uma situação insustentável no escritório. Sugeriu pagar na mesma moeda, passando um outro trote. Explicou-lhe que o colega era casado com uma mulher muito ciumenta, por isso, tudo o que tinham a fazer era ligar para a casa dele quando ele não estivesse e deixar recado. Combinaram que ela ligaria e diria que era para ele telefonar para D. Irene, já que esse era o nome que ele tinha usado. Assim, ele saberia que estavam revidando, mas não poderia fazer nada, pois tomar satisfações seria reconhecer sua maldade.

Como duas crianças travessas, executaram seu plano. O marido discou, e a mulher, procurando fazer uma voz *sexy*, perguntou pelo dono da casa. Ao receber a resposta de que ele não estava, pediu-lhe que ligasse para D. Irene, e afirmou que ele sabia o número, sim, que sabia "muito bem" o número.

Desligaram, precipitadamente, rindo da travessura. Ela se sentia tranqüila e justificada em sua atitude de revide. Ele dava graças por ter conseguido gerenciar bem aquela crise. Sua mulher, tão frágil, tão amada, e de saúde mental tão precária, fitava-o, com os olhos brilhantes de admiração.

Ele depositou um beijo em seus lábios antes de pegar mais uma vez o telefone e, dessa vez, ligar para a companhia telefônica e solicitar o serviço de identificação de chamadas. Outro risco desses ele não ia correr.

* * *

Quando entrou no carro para buscar as crianças no colégio, reparou que seu celular avisava que tinha uma chamada não atendida. Verificou o número e descobriu que sua mulher ligara, justo quando ele estava descendo no elevador para a garagem, onde o celular não tinha sinal. Ligou o telefone no viva-voz, e, assim que saiu do prédio do escritório, ligou para a casa.

Sua mulher estava histérica:

— Quem é Irene, seu safado? Você agora fica dando o telefone de casa para suas amantes? Antes você era mais cuidadoso. Agora eu tenho que servir de secretária para os seus casos? Anotar recadinhos de D. Irene? Você é um crápula!

E desligou o telefone, sem dizer mais nada. Ele suspirou, resignado. No início, os ciúmes de sua mulher o lisonjeavam. Ela era uma gracinha, uma mulher *mignon*, delicada como um bibelô, mas virava uma fera de garras afiadas e agressivas que era preciso domar. Achava graça nas investidas dela e segurava-a forte, levantando-a do chão e deixando-a espernear no ar. Ele, tão forte e alto, cuidava para não machucá-la, e depositava-a cuidadosamente sobre a cama onde as pazes

eram feitas entre muitas lágrimas e um gostinho de sangue
dos lábios mordidos pela adorável ciumenta.

Os anos se passaram, eles tinham três filhos, a mulher
aumentara de peso e as crises de ciúme ganharam freqüên-
cia, ao mesmo tempo que perderam sua graça. Ele visualizou
o que o aguardava em casa. A mulher mal-humorada, o
jantar num silêncio ressentido por causa das crianças, depois as lágrimas, as acusações, o rosário das culpas dele que
ela faria questão de recitar. Sentiu-se tentado a jantar fora
com as crianças, mas isso só serviria para acirrar mais as
coisas, e, resignado, submeteu-se ao destino.

Tudo ocorreu de acordo com o esperado. O jantar ficou-
lhe pesando no estômago, provocando-lhe azia. A mulher,
calada, com cara de mártir, colocou os filhos para dormir e
foi direto para o quarto do casal, ultimamente palco de mais
ressentimentos que de prazer. Com a resignação de quem
vai ser imolado no altar conjugal, ele desistiu de assistir à
novela e foi para o quarto.

— E então, vai me dizer quem é essa tal de D. Irene?
Desde quando elas merecem tratamento de "dona"? Ou
agora você deu para gostar de coroas? "Dona" Irene só pode
ser coroa. Com esse nome, e esse "dona"... Seu... seu... Don
Juan decadente!

Cuspiu a injúria com violência e deixou a boca curvada
num desprezo que se tornava ainda mais amargo pela falta
de reação do marido. Ela percebia que suas constantes cri-

ses de ciúme estavam aumentando de intensidade e atrapalhando seu relacionamento, mas não conseguia se dominar. E ele não colaborava. Já não vinha com suas mãos fortes segurar seus braços para evitar os arranhões. Nem abria seu sorriso de macho poderoso, enquanto a dominava com firmeza, mas sem violência, e a fazia engolir os impropérios colando seus lábios finos sobre sua boca convulsa.

Ele, agora, limitava-se a sentar num canto da cama de casal, com os ombros curvados, a cabeça escondida entre as mãos, protegendo-se dos tapas que ela lhe atirava às cegas, encolhendo-se, calando-se, isolando-se num mutismo que ela não conseguia penetrar. Sentindo-se cada vez menos amada e desejada, a situação piorava, e a cada dia as cenas se repetiam, justificadas ou não. Só que, dessa vez, o motivo realmente existia. Essa tal de D. Irene, despudorada, procurando seu marido em casa, provocante.

— Quem é essa tal de Irene? Anda, responde!

Inerte, sem reagir, ele permaneceu calado, isolado. De soslaio via a mulher que, alterada, abria e fechava gavetas, aproximava-se e afastava-se dele. Reparava em seus quadris roliços e pesados, notava o desalinho de seus cabelos, percebia o início de um queixo duplo e as marcas escuras de olheiras que a envelheciam. Sua mente, como num exercício, rolava o nome de Irene, tentando lembrar-se. Irene... Irene... Mas o nome não lhe dizia nada. Já tarde da noite a mulher calou-se. Daí a pouco, toda enrolada nas cobertas como se temesse seu toque, ela começou a ressonar, os olhos inchados pelo choro, o nariz congestionado, a boca aberta.

Ele acabou por adormecer, sentado na poltrona da sala, para onde migrara em busca de silêncio. Acordou sobressaltado, como que iluminado por uma revelação. Era isso. Irene devia ser o nome daquela mãe que ele sempre encontrava na saída da escola dos filhos. Morena, sensual, disponível, ela vivia puxando assunto, mostrando-se interessada, falando de programas que seus filhos, os dele e os dela, podiam fazer juntos. Há uns dois dias ela tinha anotado seu celular no caderno do menino mais novo, para que ele lembrasse ao coleguinha de trazer o livro que seu filho tinha pegado emprestado. Era isso.

Num canto da sala, a mochila do filho revelava seus interesses: um boneco do Homem Aranha, papéis de bala e de chicletes, um bolo de figurinhas. A caderneta do colégio estava malcuidada, com as bordas dobradas e destruídas pelo manuseio. O livro de leitura parecia intocado, os cadernos, encapados de acordo com as instruções da escola, em plásticos de cores diferentes, ostentavam arranhões e rasgões, revelando o descaso com que eram tratados. A letra apressada, as páginas sujas, os rios de tinta de caneta esferográfica gastos em desenhos de escudos de futebol e em cópias malfeitas de personagens de quadrinhos fizeram-no sorrir, lembrando-se de sua própria infância. Folheando um por um, finalmente encontrou o número desejado, escrito numa caligrafia firme e redonda, mas sem um nome que pudesse incriminá-la. Ele viu, nisso, um sinal de sua experiência em situações semelhantes, por isso estranhou que tivesse ligado para sua casa e deixado aquele recado que desencadeara a fúria de sua mulher. Era para pressioná-lo, para obrigá-lo a ligar. Pois estava decidido. Amanhã ligaria. Guardou o número na memória e acabou adormecendo, ali mesmo no chão onde se sentara, rodeado de livros e cadernos de criança, o rosto apoiado sobre o boneco do Homem Aranha.

A mulher encontrou-o assim, e, arrependida da cena da véspera, acordou-o suavemente. Ajudou-o a se levantar, chamou-lhe atenção para a marca do boneco que se estampava em seu rosto e foi preparar o café e as crianças. Ele só pensava na ligação que faria assim que pudesse. Arrumou-se maquinalmente, vestiu-se, tomou café, protocolarmente beijou a mulher ao sair, levando os dois mais velhos para o curso de inglês.

Ao se ver sozinho no carro, digitou logo os números que trazia na memória, sem hesitação. Atendeu uma voz masculina, mas ele não hesitou em chamar por D. Irene. Só não conseguiu ouvir a resposta. Um apito estridente, e a visão do guarda que se dirigia para ele fizeram-no desligar precipitadamente o telefone e acabar sua aventura.

Da multa ele até poderia escapar. O pior ia ser explicar para a mulher aquele número de celular aparecendo em sua conta. Arrependido, no próximo sinal jogou o telefone pela janela. Ao chegar ao escritório avisaria à operadora que tinha sido roubado...

# Os três últimos dias
# de Marcel Proust

*D*ia 16 de novembro de 1922:

Marcel escutou as batidas do relógio de pêndulo do vizinho anunciando o fim de mais um dia de novembro. Celeste lhe garantia que era impossível escutar qualquer ruído de relógio ali em seu quarto, mas sua percepção aguçada de insone captava os ruídos, mesmo os mais abafados, de sua casa e das casas vizinhas.

Sua cama estava atulhada de papéis e cadernos, e seu tinteiro se equilibrava, inseguro, sobre uma espécie de tábua que lhe servia de escrivaninha. Ele já estava trabalhando havia mais de três horas, intensamente concentrado na revisão de seus originais. Sua respiração trabalhosa obrigava-o a um grande esforço físico, e a tábua oscilava, incerta, porém cônscia de sua responsabilidade.

Proust sabia que, sentada à mesa da cozinha, Celeste aguardava o toque de sua campainha para trazer-lhe a xícara de café e o *croissant* que o alimentava. Ele evitava comer, por causa do desconforto que o ato lhe provocava. Coordenar a ingestão e a respiração era uma tarefa mais difícil do que elaborar a trama que sustentava sua vida. As sufocações oprimiam-lhe o peito, e, com a boca cheia, ele corria o risco de engasgar-se e piorar ainda mais a falta de ar. Era só por isso que comia tão pouco, cada vez menos. Na verdade, sempre fora guloso. Quando garoto, não resistia a um *éclair*, sobretudo de café, nem aos pratos saborosos preparados pela rústica Félicie. Sua memória, prodigiosa, trouxe-lhe o gosto dos morangos amassados com creme que o tio costumava preparar-lhe. O ar de seu quarto perfumou-se com o cheiro de aspargos frescos, para, logo em seguida, aquecer-se com o aroma pesado do *boeuf à la mode*, do qual sua mãe tanto se orgulhava.

"Podemos não ter um *chef* em nossa cozinha, mas o *boeuf à la mode* de Félicie poderia figurar no cardápio de qualquer bom restaurante de Paris. Trata-se da verdadeira cozinha francesa, em que os temperos apenas realçam os ingredientes de qualidade, e cujo preparo segue à risca as tradições, sem novidades que o descaracterizem."

Levantando os olhos viu sua mãe, o rosto inchado pela doença, mas com um sorriso que tentava parecer despreocupado.

"Eu sei que você estava esperando pelo seu beijo de boa-noite para poder descansar, meu querido."

Com seu andar solene, a mãe aproximou-se da cama. Marcel estremeceu de frio, o quarto, mal aquecido, estava quase mais frio do que a própria madrugada parisiense.

— Ainda é cedo, gemeu, ainda não consegui terminar a revisão.

"Bobagem, meu filho. Seu livro já está terminado, você o reescreve como Penélope, com medo de enfrentar a decisão. Nada mais a acrescentar, só refazer, ampliar, revisar. É preciso criar coragem para abandonar sua criação à própria sorte."

A mulher debruçou-se sobre o leito e colou os lábios frios à testa escaldante de seu filho. Ele reprimiu um movimento de recuo e curvou a cabeça, os olhos fechados, resignando-se àquele beijo que selava sua sorte. Sentiu os pulmões mais congestionados do que nunca e, num esforço, abriu a boca, tentando encher o peito de ar. O som de sua respiração parecia um gemido alto. A mãe abanou a cabeça, desalentada.

"Não resista, meu lobinho. Feche os olhos e descanse. O livro está terminado, você não precisa mais trabalhar nele."

Retirou, suavemente, a pena de entre os dedos manchados de tinta do filho.

"Vou deixá-lo dormir, agora. Descanse, meu filho. Descanse em paz."

Marcel abriu os olhos, sobressaltado. A pena caíra-lhe das mãos e fizera uma nódoa arroxeada em seus lençóis de cambraia. Procurou com os olhos pela mãe, mas esta não se achava no quarto, morta há muitos anos. Da penumbra, um par de olhos o contemplava, complacente. Era o quadro de Blanche, que o acompanhava e testemunhava seus esforços. O frio era intenso, ele tremia sobre a cama desarrumada. Tocou a campainha e Celeste, como se estivesse aguardando atrás da porta, não demorou a abri-la.

"Um café bem quentinho, e um *croissant* digno de um príncipe!"

O escritor, cansado demais para falar, afastou a bandeja com um gesto. Entre arquejos, comandou:

— Agora não... Frio, Celeste... Faz muito frio...

"Quer que acenda a lareira? O senhor mantém este quarto tão gelado, assim só pode piorar das sufocações."

— Não, Celeste. Você bem sabe que o cheiro da fumaça me faz mais mal do que a friagem. Alcance-me mais uma coberta. Cubra meu peito com uma camada extra de algodão.

Com a cabeça caída para trás e os olhos semicerrados, ele parecia desmaiado. Com mãos hábeis a empregada providenciou os agasalhos pedidos e ajeitou os lençóis da cama do doente. Reuniu os papéis, e retirou da cama os instrumentos de trabalho do escritor. Depois se ofereceu para trazer outro café, mais quente. Abrindo apenas um de seus olhos, ele fixou o olhar nela, com atenção.

— Você acha que meu livro está pronto, Celeste?

"Ah, patrão. Tantas vezes já achei isso, e o senhor sempre encontra algo para corrigir ou melhorar. Mas já não há mais novidades nas coisas que o senhor acrescenta. O senhor só faz é retocar, como um pintor que não consegue dar por terminado um quadro porque está apaixonado pelo modelo."

Ele fechou o olho que a contemplava e deixou-se ficar, com a cabeça caída para trás, arquejando. Ao fim de um momento, dispensou-a. O som do pêndulo vizinho indicou que o tempo, inexorável, se esgueirara sem que ele se apercebesse. Era tão tarde. Em breve os ruídos do dia recomeçariam, e o embalariam num sono doentio e agitado. Talvez Celeste e sua mãe estivessem com a razão, e ele já pudesse dar sua obra como terminada. Era chegado o momento de repousar. Sentiu uma leve pressão sobre o peito sufocado. Um calor percorreu seu corpo. Sem abrir os olhos, ele se deixou envolver pelo abraço, tentando adivinhar, pelo cheiro, quem estava ali. A voz ligeiramente rouca, de tons profundos e quentes, sensuais, acariciou seus ouvidos. "Estás dormindo?"

— Agostinelli?

Com o corpo envolto no guarda-pó, e a cabeça coberta por uma longa echarpe, a figura não deixava adivinhar seu sexo.

— Albertine?

Uma risada rouca sacudiu o ar do quarto, como uma onda que quebrasse, com força, na praia. Marcel julgou sentir o cheiro salino do mar, acreditou escutar o grito agudo de uma gaivota. "Não me esperavas, não é mesmo? Mas eu gosto de vir assim, sem me anunciar..."

Sua respiração acelerou-se, e com isso a sufocação tornou-se mais intensa. Sentia dor e uma ardência no peito. Esticou os dedos gelados e puxou, com força, a campainha. Celeste não tardou a entrar, e percebeu de imediato a gravidade da situação.

"Vou chamar seu irmão."

Ele dirigiu-lhe um sorriso triste.

— Ainda é cedo, minha amiga. E você precisa me prometer uma coisa: não permita que me dêem injeções. Não importa o que eles digam, não permita isso.

Celeste, com ar compungido, jurou que lhe faria a vontade. Depois acendeu o pó fumigador, para proporcionar-lhe algum alívio. Ficou a seu lado até que ele finalmente se acalmasse e adormecesse. Embora o dia tivesse, finalmente, amanhecido, o quarto permanecia no escuro graças às cortinas pesadas que isolavam a claridade. Apenas uma faixa mais clara aparecia entre os dois cortinados e, subitamente, um raio de luz pálida e úmida entrou, obliquamente, e veio iluminar o rosto emaciado, sombreado pela barba escura. A empregada aproveitou para fazer a limpeza do quarto, retirou roupas e vasilhas usadas, trouxe uma jarra de água fresca, encheu o tinteiro, organizou os papelotes e os cadernos. Silenciosamente, deixou o quarto, preocupada, pensando que o patrão não havia comido nada aquele dia. "Saco vazio não fica de pé. Amanhã vou obrigá-lo a comer alguma coisa. Isso não pode continuar assim."

*Dia 17 de novembro de 1922:*

O ruído das vozes o despertou. Aguardou alguns instantes, antes de chamar a empregada.

— Quem está aí?

Celeste admirou-se, não havia ninguém em casa, só ela e Odilon, seu marido. E já era mais de uma da madrugada, ninguém, a não ser o patrão, fazia visitas àquela hora. Olhou-o, desconfiada, achando que a febre estava provocando delírios. Proust, no entanto, parecia bem. Pediu-lhe que o ajudasse em sua toalete, queria lavar-se, pentear-se. A roupa de cama devia ser trocada imediatamente, reclamou. Ele detestava dormir em lençóis amarfanhados, e, sobretudo, manchados de tinta. Depois de acomodar-se, não recusou a xícara de café, mas recusou o *croissant*. A seguir, pediu os manuscritos, e, com todas as luzes do quarto acesas, começou a trabalhar com ânimo. Sua respiração continuava ruidosa e elaborada, mas ele estava melhor de aparência. Celeste deixou-o trabalhando. Daí a instantes, ouviu sua risada, e logo em seguida, soou a campainha.

— Celeste, peça ao Odilon para ir ao Ritz ou até a Lipp, para comprar cerveja. Apresse-se, mulher. Temos sede. E diga a Odilon que traga muita cerveja, litros e litros.

Quando a porta se fechou atrás da empregada, Marcel olhou para os amigos, sorrindo. O dr. Cottard aprovava a cerveja como uma espécie de broncodilatador. "E como bebida é insuperável," garantia o risonho M. Verdurin. Reynaldo Hahn ofereceu-se para tocar algo ao piano: "Só não posso tocar é a sonatinha de Vinteuil, pois isso entristeceria nossa bela Odette." "Eu não me importo, toque, se quiser. Mas seria preferível escutar um de seus sucessos, a Ciboulette, talvez" — respondeu, com seu langor habitual.

A festa se desenvolvia a seu redor, e ele tinha a impressão de que os amigos tinham organizado aquele baile de máscaras em sua homenagem. Ele era o doente imaginário de Molière, com sua touca de dormir e seu camisolão. Os outros, embora vestidos com suas roupas normais, disfarçavam-se com perucas empoadas e maquiagem exagerada. A duquesa de Guermantes conversava com Mme. Lemaître. A lânguida Anna de Noailles trocava idéias, sentada em um canapé, com os irmãos Bibesco. Ele escutava uma risada estridente, mas não conseguia ver quem gargalhava — Charlus ou Montesquiou? Somente eles riam assim.

A porta do quarto se abriu e Celeste entrou carregando uma bandeja com cerveja.

— Sirva os meus amigos primeiro.

A mulher titubeou, olhando em volta, sem ver os espectros. Penalizada, constatou que ele estava delirando. "Eles estão tomando champanhe, não querem cerveja" — respondeu, com sua esperteza popular. E despejou o líquido dourado no copo alto de cristal, servindo seu patrão.

— Até parece que estou tomando goles de sol... Olhe bem para esta cor. Esta bebida foi inventada pelos egípcios, sabia? E, num país solar como o Egito, não é de admirar que o líquido de sua invenção tenha essa cor e esse sabor. Este é o último sol que tomo, minha amiga...

Celeste retirou-se, com os olhos cheios de lágrimas. Ela nunca havia visto seu patrão naquele estado. Estava totalmente transtornado, agitado, as faces afogueadas. Manteve-se à escuta, temerosa. Escutava pedaços de frases, risos. Depois de algum tempo, os sons desusados cessaram. Ela já cabeceava de sono quando a campainha tocou mais uma vez.

— Celeste, acabei. Aqui está o manuscrito, vê? Pode ler aqui no final a última palavra? Leia em voz alta.

"Fim."

— Isso. Fim. Está tudo acabado, já não tenho mais que me preocupar.

Seu rosto já não estava mais afogueado, e ele recostava-se pesadamente, com a cabeça levantada por vários travesseiros, esforçando-se a cada respiração. Semicerrando os olhos, ele a observava recolher os papéis, esticar-lhe as cobertas. A crise se avizinhava, ambos podiam reconhecer os sintomas. Diligente, ela preparava os remédios, a fumigação.

— Celeste, o láudano.

Obediente, ela pingou o número de gotas recomendado num copo com um pouco de água.

— Deixe aí, não vou tomá-lo agora. Mas quero que você me prometa mais uma vez que não permitirá que me dêem injeções.

"Já prometi, senhor. E volto a prometer. Mas quantas vezes vai querer que repita a mesma promessa?"

— Três.

"Então está bem. Prometo mais uma vez."

Com um sorriso bondoso e triste, ordenou-lhe que o deixasse sozinho. O dia já amanhecera, e o ruído da chuva se deixava perceber, abafado, através das vidraças fechadas.

*Dia 18 de novembro de 1922:*

Apesar do láudano, seu sono havia sido agitado e irregular. Celeste precisara ampará-lo diversas vezes. As crises respiratórias se multiplicaram. Finalmente, ela chamou o irmão do patrão, que passou o resto do tempo à cabeceira do doente. Quando este acordou, e saiu da letargia provocada pelo láudano, Robert lhe disse que pretendia interná-lo.

— De jeito nenhum!

O médico sabia que a doença do irmão se agravara naqueles dois últimos dias, e sua última esperança seria levá-lo dali e submetê-lo a um tratamento rigoroso, com injeções que talvez pudessem salvá-lo. Mandou chamar uma ambulância.

— Robert, você não pode fazer isso! Não me tire daqui, nem me aplique injeções!

Marcel era apenas um ano mais velho que seu irmão, e muito mais frágil e franzino que ele, mas Robert se deixava dominar pelo olhar penetrante e intenso do irmão. Agitado, o doente sentia cada vez mais dificuldades para respirar. O médico mandou que trouxessem oxigênio, para ajudar na respiração. Marcel não permitiu que lhe colocassem a máscara, lutou, e com isso ficou ainda mais ofegante. Celeste assistia a tudo, sofrendo, chorando, preocupando-se. De repente, um grito de terror.

— Não deixe que esta mulher horrível se aproxime de mim!

Celeste e Robert entenderam que ele estava delirando. Escutaram, com paciência, a descrição da mulher trajada de escuro, e feia, muito feia.

"Celeste, nossa única chance é uma injeção."

"Mas ele não quer, me fez prometer que eu não deixaria que lhe aplicassem nada disso."

"Ele está morrendo, Celeste, este é o último recurso."

"Então, eu consinto."

"Ajude-me, Celeste, segure bem seus braços, para ele não se mexer."

O doente soltou um lamento, quase um uivo.

— Ah, Celeste! Você me traiu. E você, Proustovitch, como teve a coragem?

Já arrependida, a empregada chorava, soluçando. Pedia perdão, torturada de remorsos.

"Está doendo?"

— Dói muito.

Durante alguns instantes, só se ouviu o som de sua respiração, um ruído pungente. Depois, o silêncio tomou conta do quarto. Celeste voltou a chorar. Os cheiros que pairavam no aposento tornaram-se mais fortes, quase insuportáveis. Robert abriu as cortinas e as vidraças do quarto que, depois de anos sem uso, se recusavam a mover-se. Depois ordenou que a empregada retirasse dali os utensílios que ofendiam suas narinas.

"Limpe tudo muito bem, deixe o quarto arejando, que vou chamar o fotógrafo, o desenhista e tomar as providências necessárias. Ah, dê-me logo estes manuscritos, para que não desapareçam. É preciso continuar sua publicação."

Os olhos do morto, semicerrados, pareciam observar a cena.

# Verão

Desde novembro que a temperatura só fazia se elevar. Subira acima dos trinta e nada, nem as chuvas violentas que de vez em quando ocorriam, conseguia diminuir a umidade fervente dos dias. Quem passava em direção ao trabalho, vestindo seus uniformes de poliéster, suas camisas de algodão, se tinha sorte, suspirava invejoso, olhando os marmanjos de sunga ou calção frouxo, que se misturavam a uma multidão de mulheres de biquínis, ou de *top* de biquíni e *short* enrolado abaixo da cintura, servindo de apoio a um cinto de carregar *walkman*, ou, ainda, uma dessas calças de *lycra* entrando pela racha da bunda e colorindo aquele universo de nádegas de cores vibrantes e quentes, estampando nas bochechas trêmulas flores e listas quase obscenas na sua movimentação. Dentro da *van*, os passageiros suavam e sufocavam com a falta do ar-condicionado. A mulher gorda reclamou:

— Dá para ligar o ar? Isso aqui atrás está um forno!

— O ar está com defeito — informou o sujeito franzino sentado ao lado dela.

Conformados, os dois se calaram, suando sua decepção. A gorda ainda resmungou que deviam exigir desconto na passagem.

— A gente paga mais para andar de *van* por causa das comodidades... Tinha que dar desconto!... Ou, pelo menos, botar um cartaz avisando que o ar está quebrado!

O motorista, que tinha escutado tudo, mas fingia não ouvir as reclamações, zombou entredentes:

— Para quê? Cambada de analfabetos.

Ninguém protestou. Estava muito quente para brigar, a discussão só ia esquentar mais o dia que, às sete e meia, já ia em vinte e nove graus. Os passageiros olhavam para fora do carro e viam o trânsito lento da avenida. Caminhões entregando coco, *vans* pegando passageiros, obra da direita, com placa da prefeitura, obra da esquerda, com placa do estado.

O motorista parou, apesar de a *van* estar lotada. A mulher era nova, cabelos cacheados com aquela coisa que elas passam para ficar parecendo molhados, a boca polpuda brilhando engordurada como se ela tivesse acabado de comer pastel de calabresa.

— Dá para me levar até Santa Teresa?

Ela tinha se curvado para falar com o motorista, colocando a cara quase dentro do carro, empinando as nádegas lá fora, de modo que todo passante se sentisse provocado.

— A morena eu levo até a Cidade de Deus!

Os passageiros prenderam a respiração, achando que ele ia mudar a rota combinada para satisfazer a intrusa. Só voltaram a respirar quando ele informou que ia para o Castelo.

— Então me deixa ali em Botafogo...

Os passageiros olharam em torno. Onde ela ia sentar? Só se fosse no colo de alguém. Nesse instante, o rapaz que ia sentado no banco da frente, no meio, pareceu acordar. O motorista abriu a porta, para desespero dos carros da faixa central, única que se deslocava no momento, e o garoto saltou, deixando a gostosa entrar. Ela soltou uma risada, ciente de que servia de espetáculo com suas coxas grossas e saia curta. Abraçada na bolsa a tiracolo, contorceu-se pelo banco até se acomodar no assento liberado pelo rapaz. Só então os dois caminharam até a traseira do veículo e o motorista abriu a porta do bagageiro, onde o garoto acomodou seu corpo magro e as pernas compridas. O perfume barato da mulher invadiu todas as narinas, mas o cheiro era agradável, melhor que o futum do suor e do chulé que os corpos exalavam. De repente, os homens se empertigaram, se acomodaram estufando mais o peito, pigarreando ou tentando esticar as costas no aperto. O motorista, de volta ao assento, regalava-se com as coxas que roçavam nas suas pernas cabeludas, ele que tinha a sorte de poder trabalhar de bermuda e camisa aberta.

A gorda, despeitada, bufava seu calor impotente e desviava a vista da intrusa. Os homens avaliavam-na e invejavam o passageiro do banco da frente, único que também podia usufruir a proximidade da morena. Isso durou pouco tempo. Daí a instantes, sob o sol implacável, os corpos voltaram a se abandonar em suas posições derreadas. O perfume da mulher foi perdendo a guerra contra os odores corporais e capitulou quando um arroto trombeteou o alho exagerado no hálito de alguém. A escuridão do túnel foi breve demais para que um ou outro se mostrasse inconveniente, e logo chegou Botafogo, com seus barcos e a promessa de um pouco mais de frescor sob as árvores. A morena foi a primeira a saltar. Depois um cara caladão, com o nariz vermelho e grosso se destacando no rosto chupado e mal barbeado. O rapaz se deixou ficar no bagageiro, até o fim da viagem. Quando só faltava um passageiro, o garoto voltou para a frente e, tirando um microfone do porta-luva, começou a anunciar o trajeto de volta. Naquela hora era difícil encher o carro para o retorno, mas sempre se conseguia alguém para a zona sul. Deixaram o último passageiro e, numa bandalha, passando por cima da calçada, conseguiram economizar uns dez minutos de trajeto.

Nesse momento a temperatura já alcançava os trinta e dois graus. E eram só oito da manhã.

# Perfeição

Sentindo a aspereza da pedra de encontro a suas nádegas magras, cobertas apenas pela fazenda fina do calção largo, e o calor do sol esquentando a pele entre seus cabelos ralos, o homem deixava-se ficar sonolento, olhando, desatento, as pessoas que passavam pela calçada e a ciclovia.

Com a cabeça caída sobre o peito, via mais as pernas e os pés do que os rostos suados e contraídos de uns, e as faces coradas de sol e saúde de outros. Seus olhos acompanhavam, sem interesse, as cores brilhantes de um tênis, a transparência de uma sandália, os pés grosseiros e descalços, o calçado velho e empoeirado, um sapato de tacão gasto. Nada que se comparasse ao gracioso pezinho de unhas vermelhas e arredondadas, encimado por uma corrente de ouro de onde se dependurava um coração sobressaltado.

O pé mimoso se fazia acompanhar de outro, calçado por uma improvável sandália enfeitada de pedrinhas brilhantes, e, enquanto um se firmava sem hesitações no calçamento irregular, o outro mal se apoiava no chão quente, valendo-se apenas dos dedos arredondados e de sua ponta macia, sedosa, acolchoada. Ali, em frente a seus olhos desatentos, pareciam dançar e implorar para que reparassem em seu torneado perfeito, na meticulosidade do desenho das unhas vermelhas, no desassossego que provocava no coração que trazia acorrentado.

O brilho dos enfeites insistia em capturar-lhe o olhar que se focava ora no pé calçado, ora no descalço, e, sem que ele mesmo se desse conta, começava a avaliar os tornozelos e os calcanhares, e a subir pelas pernas jovens, deslizando até o joelho redondo e bem-feito, recoberto de uma pele sedosa e sem marcas.

Os pés incongruentes se acomodaram ao lado de seus próprios pés, longos, ressecados, de artelhos compridos e magros, endurecidos, e envolvidos nas sandálias de couro, sóbrias como as dos franciscanos. O contraste entre aqueles pés macios e arredondados, de pele clara e suave, femininos, pequeninos, sensuais, e os dele era abissal. E suas diferenças continuavam pelas pernas acima, as dele secas, magras. Sem torneados. As outras, desenhadas num branco macio, se expandindo em curvas bem lançadas que se harmonizavam até a entrada do *short* largo, com aberturas laterais.

Esticados a seu lado, os dois pezinhos mexiam seus artelhos, descompromissadamente, livrando-se de insuspeitados grãos de areia e fazendo que o coração inquieto se descompassasse numa agitação vertiginosa.

Ele se perturbou ao perceber que o seu próprio coração se acelerava, e tentava marcar o ritmo dos descompassos. O sangue, que alimentava o corpo envelhecido e fraco, engrossava e se aquecia, emprestando-lhe um vigor a que havia muito se desabituara. Suas mãos crisparam-se, segurando a borda do banco de pedra enquanto ele virava o rosto lentamente, focando os olhos para apreciar o corpo jovem e esbelto que parecia pairar sobre o granito aquecido do banco.

Gotas de suor começaram a descer por sua testa, caindo-lhe nos olhos e provocando um ardor incômodo. Lentamente, sua mão direita se alçou, e, com dedos trêmulos, ele esfregou os olhos, apertando-os. Apalpou as faces magras, descarnadas, sentiu a profundidade dos vincos que encerravam seus lábios finos em parênteses amargos.

Seus olhos, que havia muito tempo olhavam o mundo com fastio, pareciam libertos dos véus de desalento e gulosamente percorriam a pele desprotegida que ela exibia, adornada por uma penugem dourada que rebrilhava ao sol. Um reflexo mais intenso feriu suas pupilas, e foi como se uma lâmina cortante perfurasse seus olhos e penetrasse até seu cérebro, ferindo-o de morte. Ela ostentava, no umbigo, uma arma inesperada e letal, uma jóia de pedra vermelha, um rubi lapidado em forma de coração que sangrava sobre o ventre perfeitamente arredondado, firme e sensual.

Entre suas coxas um volume desacostumado palpitava. Nas suas coronárias encordoadas, a fricção do sangue testemunhava a pressa do líquido espesso em irrigar locais já pouco visitados, e até esquecidos. Sua língua ressecada não conseguia aliviar os lábios rachados de sol, que se entreabriam para trazer mais ar, ou mais perfume de mulher, para dentro de seu corpo gasto.

A cabeça ainda baixa forçava os músculos do pescoço, doloridos, para não perder de vista o ventre macio, transpassado cruelmente pela pequena haste recurvada que ostentava, na ponta, a cabeça ensangüentada em formato de coração. No esforço de ver, seus olhos lacrimejavam e se embaciavam. A imagem se decompunha em fragmentos: o ventre martirizado, o pé calçado, a pele sedosa do joelho, o brilho das pedrinhas da sandália, o vermelho sensual das unhas. Cada vez mais agitado, o coração parecia desprender-se do local a ele destinado e vir alojar-se em seu estômago, retirando-lhe o ar de seus pulmões, deixando-o arquejante e sedento, com um volume cada vez maior e mais quente se alojando, palpitante, entre suas pernas magras.

O caleidoscópio visual lhe provocava tonturas, ainda mais agora, que uma mão em concha viera juntar-se aos outros fragmentos de imagem, acariciando o ventre transpassado, descendo um pouco o elástico do *short* largo e revelando as marcas deixadas na pele macia, recoberta de penugem dourada, cintilante ao sol da manhã.

Suas narinas trêmulas se abriam no esforço da respiração, e ele segurava o granito aquecido do banco com dedos que se diriam garras, ou raízes de árvores maltratadas pela seca. Sua testa se recobria de suor, e as gotas desciam acompanhando os sulcos da pele gasta, crestada. Em seu próprio ventre ele sentia uma haste que o torturava e latejava em ritmo acelerado. Dor e prazer aqueciam suas entranhas, e seu peito se alçava em ondas assimétricas que acompanhavam ora os descompassos do coração sujeito aos pés dela, ora a miragem do coração ensangüentado que lhe brotava do ventre ondulante e fértil.

O prazer lhe trazia uma nova seiva, uma umidade já quase desconhecida. O sangue se apressava em suas veias e artérias, se rebelava nos vasos estreitados e enrijecidos, doía-lhe no peito acelerado. Nas suas coxas recobertas de suor, recebeu com um espasmo as gotas irisadas das memórias de sua juventude, ao mesmo tempo que seu coração, sobressaltado, se contraiu, incapaz de receber o sangue que se desviara para outros descaminhos.

Os pés torneados, com suas unhas vermelhas e sua maciez proclamada à luz, afastaram-se céleres e aflitos. Os olhos saciados não os procuraram mais, incapazes de ver o descompasso dos pés que o rodeavam. A luz que enxergava não se originava mais na perfeição umbilical de um ventre torturado. O peito imobilizado num último arquejo, a boca entreaberta num desacostumado sorriso, a mão pousada com suavidade sobre a mancha ainda quente que lhe condecorava o calção, um cenário que se desfazia na confusão inusitada de prazer e morte.

# Caindo em tentação

Josué sentia seu joelho esquerdo doer, mas não tirava o peso de cima dele. Ao contrário, inclinava o corpo até que todo seu peso se sustentasse sobre a articulação doente, oferecendo o sacrifício a Deus, como o padre lhe havia ensinado. Com os olhos presos na figura magra e torturada de Jesus, ele emendava uma oração na outra, esperando conseguir terminar o rosário antes que a dor o obrigasse a aliviar a tortura a que se impunha. As palavras se atropelavam, as frases começavam a perder o sentido e, penitente, ele se impunha um ritmo mais lento, repetindo frases, recomeçando orações.

Entre os maciços de aves-marias, as pequenas orações que a avó lhe ensinara e que ele evitava chamar pelo nome de ejaculatórias, não fosse o nome tentá-lo com sua promessa de prazer. Josué se sabia pecador, mas se queria santo.

Enfraquecia-se em variados jejuns, e não compreendia como seu corpo continuava coberto de enxúndia. O Cristo ali a sua frente, dependurado da cruz e tão magrinho, com suas costelas aparecendo como as riscas de uma zebra, e o rosto contraído numa careta de dor, parecia zombar de seu corpo desajeitado, de suas mãos pequenas demais, seu pescoço grosso e peludo, sua respiração arfante de asmático.

Josué terminou o rosário, benzeu-se, disse o amém como quem suspira de alívio, e movimentou o corpo dolorido com cuidado até conseguir instalar-se no banco. Seus olhos coçavam, provavelmente irritados com o cheiro úmido da igreja, e ele os esfregou com os indicadores, enquanto apoiava os polegares nos maxilares. Era um gesto habitual, a que recorria desde a infância, e que a avó sempre censurara. Mas ele não se corrigia, afinal, não era pecado. Seu objetivo era a santidade, não a saúde dos olhos, e muito menos a educação.

Sentado, ele apalpava o joelho dolorido e inchado, orgulhoso de sua dor, sem pensar que o orgulho era um dos pecados de que devia se livrar. Para ele, pecado mesmo eram os da carne, aqueles contra os quais se encarniçava numa batalha de orações, mas que estavam sempre a torturá-lo, fazendo seu estômago roncar e seu sexo intumescer, embaraçando-o na frente dos outros. Era só sair do refúgio úmido e mofado da velha igreja para que seu corpo começasse a se manifestar com apelos violentos. O cheiro das lingüiças sendo assadas pelos ambulantes fazia que ele salivasse e que suas tripas soltassem desesperados gemidos. No ônibus superlotado, as nádegas dos outros se comprimiam contra seu ventre, e ele sentia o calor e a maciez das carnes alheias provocarem a resposta imediata de seu membro palpitante e quente. Mais de uma vez fora castigado por Deus, que lhe enviara uma ejaculação humilhante, deixando-o com o estigma de pecador bem em evidência.

Quando sentiu que seu joelho já poderia sustentar seu corpo, Josué ergueu-se, e fez o primeiro de uma série de pelos-sinais. Andou um pouco, voltou-se a meio e voltou a persignar-se. Mais alguns passos, outra meia-volta, outro pelo-sinal. Foi assim até o final da nave, comprida e escura. Parou junto à pia de água benta para molhar os dedos antes do último pelo-sinal, e desapontou-se ao ver que estava seca. Quando era garoto e ia à igreja com a avó, as pias de todas as igrejas estavam sempre cheias, e dava gosto molhar bem a cabeça com aquela água pura e consagrada. Hoje em dia era rara a igreja que oferecia a água benta. Em algumas era até preciso pagar para obter uma garrafinha.

Josué desceu as escadas com cuidado para não forçar a articulação inflamada. Na rua, caminhou mancando levemente até o ponto de ônibus, atravessando com bravura os odores inebriantes das lingüiças e dos molhos carregados de cebola e pimentão. No ponto, decidiu esperar pelo próximo ônibus, para escapar do constrangimento da proximidade com os outros corpos. Quando a condução finalmente chegou, Josué esqueceu-se do propósito e lutou por um espaço, empurrando, comprimindo, avançando. No veículo, tentou acomodar-se junto a um banco, colocando o sexo de encontro à armação de metal e plástico, de maneira a não roçar em ninguém.

Estava quase a salvo. Josué começou a rezar um terço mentalmente, mas seus olhos se perderam no azul do mar, agora que o ônibus passava, lentamente, sobre a ponte. A cada arrancada seu corpo saía da posição, mas logo se endireitava. Josué recomeçava a oração, sem saber se já estava na salve-rainha ou se ainda precisava rezar mais um pai-nosso. Na dúvida, rezava mais um pai-nosso, porém as palavras se misturavam e ele se via rezando uma ave-maria, ou devaneando como quem já tivesse acabado de rezar. O ônibus seguia devagar, arrancando e parando com violência, sacudindo os passageiros como se desejasse despertá-los. Finalmente chegaram ao fim do engarrafamento, e o ônibus, já mais vazio, começou a desenvolver velocidade. Josué continuava de pé, seu sexo ancorado na firmeza do metal e do plástico mantinha-se comportadamente flácido.

E, então, o inesperado aconteceu. Um assaltante mandou que o motorista não parasse mais em nenhum ponto, sob pena de levar um tiro. O comparsa foi recolhendo os pertences de cada um. Josué não tinha relógio, no bolso carregava apenas um lenço antigo, com seu monograma bordado pela avó já meio puído. Mantinha o rosto sério, mas ria-se por dentro, sentindo-se superior aos assaltantes, pois dele não iam levar coisa nenhuma. Chegou sua vez, e nada foi colocado na sacola de supermercado, irritando o ladrão. Inconformado, o homem estendeu a mão para Josué, que levantou os braços, rendido. O ladrão começou a apalpá-lo, e o contato das mãos febris com seu corpo provocou uma reação instantânea, deixando o assaltado embaraçado, e provocando a zombaria do assaltante.

— É boiola! — ele gritou para o da frente. E seguiu fazendo a limpa.

Josué ficou em pé, com o rosto muito vermelho, e uma ereção que não cedia à sua vergonha. Achava que todos olhavam para ele, esquecidos dos ladrões. Foi com alívio que percebeu que o ônibus diminuía sua marcha e parava. Os assaltantes desceram e Josué, sem pensar, precipitou-se para a porta, querendo saltar também. Ao se verem seguidos, os ladrões reagiram instintivamente, e dispararam contra o ônibus, o que atraiu a atenção de uma patrulhinha, provocando um tiroteio e o terror entre os passageiros do ônibus. Josué podia ver o assaltante que zombara dele caído a sua frente, sangrando. Tentou imitar Jesus, e pensou em ir socorrer o ferido, mas reconsiderou. Jesus nunca tinha sido chamado de boiola, por nenhum de seus agressores. Levar bolacha na cara, chicotada, ser crucificado enobrecia a vítima. Ser xingado de boiola nem Deus agüentaria. Por isso, em vez de auxílio, Josué curvou-se para procurar uma arma.

Quem levava o revólver era o outro, aquele tinha apenas uma faca, gasta, muitas vezes amolada. E foi com ela que Josué caiu em tentação, penetrando, pela primeira vez, outro corpo humano.

# Sossega, Leão!

E, já que estou aqui sentado em frente a esta telinha, pisca-piscando, sem saber se é o efeito da luz ou das lembranças, procuro entender as mudanças, as perdas, o vazio...

A criança choramingava, pedindo o que sempre pedia:

— Aquele ali, o azul com desenho amarelo, que é o mais bonito...

E eu desconversava, fingindo não entender.

— O mais bonito é o verde.

— O verde também é bonito, mas é triste. Os desenhos são pretos, fica escuro.

— Mas o azul, na frente do céu, nem aparece.

— É outro azul, não parece nada com o do céu. E, depois, tem os desenhos amarelos. Parece férias.

Com essa conversa, íamos nos afastando do pedaço de areia em que todos estavam fincados, colorindo a praia com suas cores fortes, suas asas abertas agitadas pela brisa, que o final da tarde levantava, anunciando a chuva que havia de refrescar o asfalto e aliviar o calor das residências abrasadas. Logo adiante, porém, uma nova plantação de papagaios florescia sobre as areias de Copacabana, e a conversa voltava a se iniciar:

— Aquele ali, está vendo? O mais bonito de todos!

— Ué, você não disse que o mais bonito era o azul e amarelo?

— Disse, mas aqui não tem azul com amarelo. O mais bonito é o vermelho.

— É, mas depois você muda de opinião outra vez, e vai ficar com um papagaio mais ou menos, em vez de ficar com o mais lindo.

A criança não sabia como contra-argumentar e calava-se, mas só até o próximo grupo de aves de pano, cujas asas se agitavam com mais urgência, pressentindo os primeiros pingos de chuva. O vendedor começava a recolhê-los, enrolando-os um a um, cuidadoso. Eu acelerava os passos, a criança tinha dificuldades em me acompanhar.

— Quer que eu te leve no colo?

— Não, eu já sou grande.

— Mas fica pedindo brinquedo de criança.

— De criança, não.

— Então anda logo, senão a chuva vai pegar a gente.

Era só acabar de atravessar a rua e caía o toró. Uma verdadeira parede de água, que não deixava ninguém prosseguir. Debaixo da marquise, nos esgueirávamos até o bar da esquina. Eu pedia um chope. A criança hesitava entre um Caçula ou um Grapette. Depois que se decidia, concentrava-se na escolha da cor do canudo, para que combinasse com a cor do líquido escolhido.

— Por que você não usa canudinho?

— Porque não se toma chope de canudinho.

— Por quê?

— Por que não. Adulto não usa canudinho.

— Mas a mamãe toma Crush de canudinho.

— Mulher é diferente.

Sempre que eu usava esse argumento definitivo, a criança calava, pensativa. Eu não me dava conta do que estava ensinando, só queria tomar meu chope sem ser bombardeado por perguntas sem fim. Ficávamos ali, na soleira do bar, esperando que a chuva passasse, e ela passava logo, ciente de que seu papel era apenas refrescar, e não alagar e destruir.

Sabíamos que era hora de prosseguir nosso caminho quando ouvíamos os sons repetidos das batidas nos postes de ferro. Alguém sempre gritava:

— Sossega, Leão!

O mendigo se aproximava, cumprindo seu ritual. Batia com força nos postes de ferro, uma, duas, três vezes. Interrompia as conversas, provocava olhares e risos. A criança queria saber:

— Por que é que ele bate assim nos postes?

— Para fazer barulho.

No caminho de casa, ela tentava imitar o Leão:

— Não faz barulho — desapontava-se.

— Precisa de um outro pedaço de ferro pra bater. E precisa ter força. Você ainda não tem força bastante nem para segurar o papagaio, quanto mais para bater nos postes.

A portaria de serviço abria sua boca negra para nos engolir. Era hora de entrar, de recolher ao ninho, como a passarinhada agitada testemunhava. As cigarras soavam seus alarmes, insistindo no chamado. O verão ia-se acabando pouco a pouco.

Meus olhos lacrimejam, e não sei se é por causa do escuro da portaria ou da lembrança. Pisco. São muitas as perdas. Os papagaios de pano que coloriam as areias da praia e figuravam até em cartões-postais; o mendigo pontual, que anunciava a passagem da chuva e discursava coisas que ninguém nunca parou para escutar. Era uma voz clamando no meio da multidão, e não tinha ouvintes. A cidade não prestava atenção nos seus profetas.

No caminho para o trabalho, o ônibus parava em frente aos muros e calçadas de cimento. GENTILEZA GERA GENTILEZA. Em letras bem desenhadas a giz, as palavras se sucediam, comprimindo-se na ânsia de nos alertar. Ninguém lia. Talvez alguém lesse, mas eu nunca li. Ou talvez tenha lido, mas não entendi. Assim como não escutei o que o Leão insistia em dizer. Preocupei-me mais em decifrar os mistérios de outro profeta, ameaçador: CELACANTO PROVOCA MAREMOTO. Hoje, que o maremoto já veio, ainda me pergunto o que será o celacanto. Não, nunca aprendi as lições.

A criança não ganhou o papagaio ambicionado. Nem o mais lindo de todos, azul com desenhos amarelos, com jeito de férias, nem mesmo os tristonhos verdes, com desenhos pretos. A aves levantaram vôo e nunca mais pousaram nas areias de Copacabana. Só os pombos, encardidos, revoam sobre as areias enxovalhadas. Ouço pancadas ritmadas, mas não se trata do Leão esfarrapado, com seu bafo de éter. É só o ruído de mais um eletrocardiograma: pip, pip, piip. As lembranças atacam-me, sem quaisquer sinais de gentileza. Ferem. Agridem como um telejornal.

E, já que estou aqui sentado em frente a esta telinha, pisca-piscando, sem saber se é o efeito da luz ou das lembranças, procuro entender as mudanças, as perdas, o vazio...

# Sessão espírita

— Os dias mais poderosos são as segundas e as sextas-feiras — garantiu-lhe a amiga, entusiasmada. — Vamos combinar nesta sexta?

Ela relutava em aceitar. Sexta-feira era um dia de muita confusão no trânsito. Além do mais, se o marido conseguisse cancelar as reuniões, chegaria mais cedo em casa e até daria para pegarem um cineminha.

— Sexta agora não, é melhor marcar para segunda-feira. Eu preciso me preparar psicologicamente, não me sinto muito à vontade nesses negócios...

As duas amigas se separaram, prometendo encontrar-se na segunda, na portaria do edifício onde se realizaria a sessão espírita. Era num dos prédios mais antigos de Copacabana, endereço que já tivera grande prestígio, mas que agora fanava, apesar de plantado em plena avenida Atlântica. Pintado arbitrariamente de verde, o prédio parecia padecer, invejoso dos seus irmãos mais bem conservados, e por isso arredondava suas bochechas tentando fazer-se respeitar por seus jardins de inverno de estilo decô. O nome com que fora batizado também contribuía para seu sentimento de inferioridade: Parnaioca. De onde teriam tirado um nome tão esdrúxulo, perguntavam-se todos os que tinham o tempo e a habilidade de ler as letras de bronze, polidas apaixonadamente pelo faxineiro saudoso de sua terra natal.

Na hora aprazada, as duas amigas se encontraram no calçadão, mas ela ainda estava insegura, tomada de dúvidas.

Teria sido uma decisão acertada? Era tudo uma questão de fé, e ela sabia que suas crenças não eram muito fortes. Criada na religião católica, aprendera, entre empregadas e vizinhas, que existiam muitas outras maneiras de acreditar, e que os deuses, santos e orixás eram todos ciumentos e vingativos. Era preciso estar sempre acendendo velas, rezando, fazendo promessas, tudo para aplacar as entidades. Na verdade, sua própria casa era um viveiro de superstições e de hipocrisias. De manhã rezava-se a missa e ao anoitecer faziam-se oferendas aos orixás. No pescoço, carregava-se uma estrela-de-davi, para dar sorte. Nos braços, figas para a proteção contra o mau-olhado penduravam-se, numerosas, em pulseiras.

Com o tempo, foram-se multiplicando os balangandãs: olhos gregos e egípcios; pimentas italianas; sementes de romã na carteira; grãos de arroz para o Buda, sempre voltado para a parede; santos mergulhados na cachaça; banhos de sal grosso; galhos de arruda. Só não fazia sacrifícios de animais, pois seu coração terno se apiedava de galinhas e bodes. Não, era contra seus princípios o derramamento de sangue. Em compensação, adotara a Bíblia como fonte de inspiração: recitava salmos, consultava-a como oráculo. Sentia-se bem nos cultos protestantes, nas missas carismáticas, nas cerimônias judaicas. Por falta de tempo, talvez, não se dedicava a mais nenhuma outra religião, como o budismo ou o islamismo. Também não freqüentava candomblés, e aquela seria a primeira sessão espírita de sua vida adulta.

No passado, havia participado de uma sessão, na casa dos avós da melhor amiga. Ela estudava em colégio público e fizera amizade com uma menina cuja avó era negra e "macumbeira", pois, na época da sua infância, os brancos eram "espíritas", e os negros, "macumbeiros". A colega contava-lhe as coisas que se passavam em sua casa e ela consumia-se de curiosidade e receio. Queria conhecer aquilo, provar desse fascínio de falar com espíritos, com pessoas "desencarnadas". Queria conhecer aquelas entidades, os espíritos de luz. Temia muito que a sessão fosse perturbada pela Pombagira, ou pelo comparecimento indesejado de um Exu, mas essa seria uma emoção a mais, e algo que satisfaria parte de seu corpo que começava a despertar. Naquela tarde, aproveitou o pre-

149

texto de uma prova e, criando algumas dúvidas inexistentes, forçou um convite para a casa da amiga.

Num pequeno quarto-e-sala ná rua Saint Roman era quase impossível existir alguma privacidade. Já no lado de fora da porta os cheiros do apartamento invadiram seu corpo com violência. Podia reconhecer o detestado odor de fumo-de-rolo, pois sua antiga babá costumava trancar-se no banheiro de serviço com um cachimbo todas as noites. O outro cheiro ela nunca tinha sentido em sua própria casa, mas, nos bares das galerias da avenida Copacabana, ou nos botecos da Barata Ribeiro, o cheiro misturava-se ao da cerveja e do cigarro: era cachaça, um vício barato e malvisto.

A amiga a evitava. Ainda na porta, passou-lhe o caderno com as anotações e disse-lhe que estudasse em casa, pois já sabia a matéria. Ela, porém, insistiu. Pediu para ir ao banheiro, forçou a entrada. Na penumbra do apartamento viu uma cena insólita: um homem branco, já maduro, sem alguns dos dentes laterais, vestido de mulher, ou do que lhe parecia uma roupa de baiana. A colega explicou-lhe que era o pai-de-santo e que ele ia baixar uma "entidade" feminina, uma ex-escrava chamada Ernesta. Pediu para ficar, e a outra, com seu segredo revelado, capitulou.

De volta ao momento presente, acompanhava a atual amiga, loura, rica, sofisticada. Atravessando o *hall* de entrada do edifício antigo, via o elevador com detalhes de bronze muito polidos, e sentia o cheiro de graxa e de mofo que desprendia. Todas as áreas comuns daquele edifício cheiravam a material de limpeza: pinho-sol, lustra-móveis, varsol, lembranças de muitas escovações entranhadas nas passadeiras gastas e nas madeiras polidas. A amiga precedia-lhe, perorando:

— Todo mundo está atrás de um sentido para a vida. Eu, você, a torcida do Flamengo e os leitores do Paulo Coelho. O que é que tem de errado nisso? O bom é que aqui a gente encontra pessoas do nosso nível, com uma atitude mais crítica do que a maioria com quem a gente convive, e a proposta aqui é mais inteligente. São propostas verdadeiras. E trazem muita esperança, muito consolo. Olhe, estamos ficando atrasadas. Você vai subir ou não vai? — E abriu o elevador que exibia, encabulado, uma porta pantográfica ligeiramente emperrada.

Essa seria, talvez, a única semelhança com a sessão do passado. Aquele elevador parecia com o do edifício modesto, compartilhava com o outro o mesmo cheiro de mofo e de graxa. Ela é que já não se parecia nada com a menina curiosa, ávida por saber, destemida. Era uma mulher cheia de medos e de renúncias, essa que agora subia no elevador para uma "sessão espírita" civilizada, de pessoas cultas e refinadas. E que podia apostar que, na sessão a que ia comparecer, não haveria lugar para ex-escravas chamadas Ernestas. Nem cachimbos alimentados a fumo-de-rolo, e muito menos cachaça barata e modesta.

151

Lembrou-se do chão do apartamento da amiga de giná-sio. Todos desenhados a giz colorido, os tacos se transfor-mavam num chão proibido, numa área sagrada, onde as cuias — tão lindas aquelas cuias feitas de material desco-nhecido para ela, e todas lindamente decoradas — se posta-vam democraticamente ao lado de taças de champanhe. Se olhasse com os olhos de hoje, notaria que aquelas taças eram feitas de vidro e não de cristal, e que eram baratas, combi-nando com a bebida que continham: Champanhe Georges Aubert, segundo o que estava escrito no rótulo.

Ao saltarem no *hall* privativo de dois apartamentos, ela deteve a mão de sua companheira antes que esta tivesse tem-po de fazer soar a campainha. Queria saber que tipo de gente freqüentava essas sessões, o que devia esperar. Surpreen-deu-se com a resposta:

— Gente é sempre gente, o que varia é o local de nasci-mento e as aptidões.

Ali na entrada, diante da porta sólida que resguardava os segredos daquele apartamento desconhecido, a frase da amiga lhe pareceu uma verdade inquestionável. Gente é sempre gente, mas ela sentia que havia diferenças, mesmo que não soubesse explicar direito quais eram. A amiga ain-da teve tempo de sussurrar, antes que a porta se abrisse:

— É tudo gente que vale a pena.

Entrando, sendo apresentada à dona da casa, cumpri-mentando um a um os presentes, ela se perguntava quem é que decidia o que "valia a pena". Decerto a amiga atual, se soubesse daquela outra sessão espírita do passado, decretaria que aquela gente, embora fosse "como nós", não "valia a pena". E explicaria alguma tese sociológica que, embora não negasse a igualdade entre os seres humanos, validava apenas um seleto punhado como merecedores de "pena". Mas pena não queria significar sofrimento, sacrifício? Era melhor outro termo para se referir ao grupo ali metido numa sala apinhada e quente num dos edifícios mais antigos da avenida Atlântica. Aquelas pessoas desconheciam o sentido da palavra sacrifício e, provavelmente, da palavra sofrimento também.

Olhou em torno. Os presentes, arrumados como se estivessem participando de um chá elegante, se esforçavam para dar um ar inteligente às suas rugas — ou à falta delas —, mas seus olhares vacantes demonstravam que estavam muito distantes de seus propósitos. Um oficial da reserva era facilmente identificável pelo porte ainda garboso e pelo corte de cabelo meticuloso. Era evidente que desejaria estar no comando da situação, mas contentava-se com seu cargo de ajudante-de-ordens, e abria um espaço aqui, impunha um silêncio ali, olhando a todos como se fossem recrutas inscientes e indisciplinados. Um conhecido ex-embaixador se fazia acompanhar por uma ex-embaixatriz, os dois muito dignos, com suas bengalas preciosas, sua indumentária de um bom gosto antiquado e severo. Seus olhares para o grupo seriam talvez os mesmos que dispensaram no país africano a que foram levados por suas carreiras: ligeiramente perplexos e surpresos, mas compostamente respeitosos, embora um nadinha zombeteiros. A seu lado, um jovem, de aspecto muito *gay* e muito rico, cruzava as pernas cuidadosamente envoltas em Armani, e examinava as unhas manicuradas. Sub-repticiamente, ela examinou as próprias mãos, e notou com satisfação que o esmalte não estava lascado e nenhuma unha se tinha quebrado durante o fim de semana.

A dona da casa era uma senhora com mais de oitenta anos, quase um pássaro, encarapitada numa cadeira de palhinha tão frágil como suas mãos manchadas e trêmulas, que estendeu pedindo silêncio. O autoproclamado ajudante-de-ordens bateu palmas, chamando a atenção de todos, que silenciaram e exibiram ares compenetrados, enquanto se preparavam para receber os espíritos visitantes. O silêncio espessou o ar carregado de maresia, e o calor do dia pareceu aumentar com o zumbido de insetos invisíveis.

Todos estavam vestidos de branco, era uma exigência. A amiga lhe recomendara que até a roupa de baixo devia ser branca, e, de preferência, nova. Quanta diferença daquele passado que ela evocava com suas cores e seus cheiros populares. O pai-de-santo usava uma saia colorida, colares e mais colares e um turbante na cabeça, este sim, branco, mas sujo, encardido. Ela e a amiga ainda trajavam o uniforme da escola, com sua saia azul-marinho. A avó usava um roupão estampado, meio desbotado, de fundo quase tão escuro como sua pele. O homem estranho tinha cara de turco e cheirava a cachaça e a vinho barato. Ele entrou no quarto e começou uma cantilena depois uns gritos, falando coisas em dialeto, ou em alguma língua estrangeira. As duas amigas esperavam na salinha acanhada, com seus móveis forrados de curvin em cores vivas. Ali ela escutava a espécie de tradução simultânea que a outra ia fazendo dos ruídos emitidos pelo pai-de-santo.

Hoje, tal como acontecera há tanto tempo, ela não sabia o que esperar. Como eles se comportariam? Haveria alguma diferença entre as pessoas simples do passado, que chamavam seus guias entre oferendas baratas, e aquelas pessoas refinadas que, imaculadas e pasteurizadas, se reuniam à volta de uma enorme mesa de jantar como uma última ceia? Será que eles entrariam em transe, estremecendo e entoando algum tipo de cântico? Sentiu-se aliviada quando a médium em miniatura orientou: "Vamos orar silenciosamente, da maneira que soubermos, e esperar que algum de nossos visitantes se manifeste".

Orações, ela sabia desde o tempo de menina: "Santo anjo do senhor, meu zeloso guardador...". No entanto, não achou apropriado recorrer a fórmulas que aprendera na Igreja Católica, tão visceralmente contra essas idéias de espiritismo e reencarnações. Achou de bom-tom fazer um convite às almas: "Senhores espíritos, se estiverem com vontade de trocar algumas idéias, venham a essa nossa reunião". Mas, em vez de continuar com suas rezas, lembrou-se da sem-cerimônia com que o apartamento da rua Saint Roman fora invadido por espíritos variados. Com a porta do quarto aberta, depois dos ritos iniciais, todos participavam da sessão, bebiam aquelas bebidas de gosto forte ou adocicado, eram baforados pelos charutos baratos, recebiam beijos e abraços rituais. Para cada um dos presentes, o pai-de-santo tinha algumas palavras, a maior parte ininteligíveis. Quando chegou a sua vez, sentiu que sua coragem se esvaía. Uma coisa era estar ali, à margem, meio que rindo das coisas que presenciava. Outra era entrar naquele solo consagrado, pisar sobre os sinais incompreensíveis e interagir com alguém travestido em outrem, confundindo-a.

Voltou a concentrar-se em suas tentativas de oração: "Com Deus me deito e com Deus me levanto...". Resolveu olhar a seu redor, ver as expressões dos outros, olhar nos olhos de sua amiga, que a trouxera até ali. Não, melhor não encarar a outra, ela temia ter um ataque de riso e ser expulsa da sessão. Mas olhou a seu redor, rapidamente, e viu que todos estavam de olhos fechados, concentradíssimos, imóveis. Tentou imitar a imobilidade dos outros, mas seus músculos, habituados ao movimento, se ressentiam da rigidez. Uma câimbra começou a torturá-la. Precisava mudar de posição. Sua agitação destoava naquele grupo de estátuas, seus olhos abertos pareciam ofender, com sua contundência, os objetos da sala.

Estudou com atenção as faces e os perfis que se ofereciam, desvalidos, à sua contemplação. Começando por sua amiga, notou, pela primeira vez, as rugas que se anunciavam em sua testa. Percebeu uma falha em seu batom, que se inseria numa comissura dos lábios e denunciava através de seu desvio os descaminhos da idade. Olhou com aprovação para os cabelos imaculadamente brancos de outra mulher, cujo rosto, muito jovem e bronzeado, antagonizava a cabeleira e transformava-a numa espécie de deusa januária, mostrando passado e futuro. Já o rosto do oficial, provavelmente de marinha, parecia atacado pela maresia, que comia sua pele em sardas opacas e sem lustro. Ela percebeu que as linhas fortes de seu perfil, impulsionadas pela força do queixo que se derramava, incontrolável, numa papada, davam a ele semelhanças com a proa de uma antiga nau, singrando orgulhosa ao lado da delicada silhueta da ex-embaixatriz. À contra-luz, esta última escondia as devastações da idade, e oferecia apenas um semblante altivo e bem-cuidado, cabelos impecáveis, sobrancelhas bem desenhadas, nariz patrício e altaneiro. A seu lado, o ex-embaixador parecia saído de uma gravura da Grécia: viam-se apenas as ruínas remanescentes de um passado glorioso. Do outro lado, o rapaz, muito novo, muito *gay*, ostentava seu rosto imberbe como uma alegoria. Seus cabelos, cacheados como os de um querubim, demonstravam a perícia de seu cabeleireiro nas nuances de tom e brilho. As faces não eram tão firmes quanto ele as desejaria, e podiam-se notar os vestígios dos cremes e poções no suave brilho que sua pele tinha mesmo na sombra daquela sala obscurecida pelas antigas venezianas. Finalmente, o rosto da dona da casa, distinto e inteligente, arredondava-se num plissado caprichoso, onde as pregas mudavam de direção conforme a incidência da luz.

Como seria ela vista pelos olhos de outro? Aprumou-se, levantou o pescoço, para evitar que se notassem as rugas que insistiam em se formar, apesar das incontáveis sessões de estética firmadora. Se ela acreditava nas sessões estéticas, podia muito bem acreditar nas sessões espíritas: tudo era uma questão de fé.

Essa sua atitude de agora, uma espécie de cinismo zombeteiro, contrastava com sua atitude do passado. Naquela ocasião, ela ansiava por saber, tinha o espírito aberto, sem preconceitos, mas rebelde e prático. Por isso, depois do receio inicial, entrou no quarto, disposta a conhecer o desconhecido. Sem saber o que fazer, deixou-se abraçar, sem resistir. O pai-de-santo segurou-a pelos ombros e puxou-a para um lado, para o outro, de encontro a si. Seu hálito a repugnava, e ela sentia seu corpo enrijecer, mas, educadamente, disfarçou sua repulsa. O homem-espírito virou-a de costas e puxou-a, mais uma vez, de encontro a si. Mantendo-a segura com uma das mãos, ele explorava seu corpo adolescente com a outra, descendo-a pelo seu braço, alcançando sua coxa, apalpando sua saia escolar e levantando-a, deixando-a aterrorizada. Ela buscava socorro com os olhos, procurava avistar a amiga, mas os adultos que a rodeavam escondiam o rosto familiar e em seus olhos ela só via ameaças. Sempre a segurando com firmeza, o homem ajoelhou-se atrás dela e, com o nariz enfiado entre suas coxas, aspirou com profundidade. Depois fez com que virasse e mais uma vez aspirou-lhe os perfumes que ela esperava não ter. Ela se debatia, tentando libertar-se, mas as garras que a mantinham no lugar eram muito mais potentes que as suas forças adolescentes. Ele pressionava cada vez mais forte a cabeça contra seu corpo, metia seu nariz entre suas coxas que, de tão contraídas, doíam. Sua busca espiritual havia esbarrado em uma descoberta física e repulsiva, traumática.

Hoje já não temia uma violação. Com as feridas do passado cicatrizadas, podia voltar a procurar respostas, mas suas perguntas não eram mais vitais, e ela nem sabia se, encontradas, as revelações lhe serviriam para alguma coisa. Havia se conformado com a vida e seus desvios. Cautelosa, voltava a pisar em terrenos mal-explorados, sem esperança de encontrar tesouros perdidos, desejosa apenas de encontrar alguns despojos que lhe trouxessem plausíveis explicações. Já hábil para escapar das armadilhas ao primeiro sinal de perigo, ela avançava naquela sessão, domesticada, branda. As pessoas a seu redor pareciam estar reagindo a algum estímulo imperceptível. A voz surpreendentemente possante da dona da casa comandou:

— Concentrem-se! Nós estamos aqui reunidos para o convívio com espíritos do bem, desejamos sua orientação para melhorarmos nossas vidas, espiritual e materialmente falando. Não procuramos por satisfações imediatas, desejamos ampliar nossa percepção, entender nossos semelhantes e proteger nosso planeta, criando uma aura de boas vibrações que o envolva por inteiro.

Aceitava e concordava com os propósitos da reunião. Não relutou em dar as mãos, de certo modo sentia que se ia integrando àquele grupo, comungando com os desejos expressos pela dona da casa. Sendo assim, mentalizou o símbolo da paz, e o poder da sugestão foi tão forte que chegou a ouvi-la arrulhar e ruflar suas asas. Logo se lembrou de que estavam em Copacabana, lugar que, depois de Veneza, era o preferido pelos pombos. Mas essa lembrança não a impediu de deixar-se levar na ilusão de que seus esforços mentais contribuiriam para o fim do terrorismo, das torturas, das guerras e de todas as mazelas da violência. Sempre seguindo o comando da voz orientadora, o grupo se dedicou a pensar em corpos saudáveis, em sangue circulando livremente por artérias desobstruídas, por articulações que se dobravam com facilidade, por tecidos livres de tumores, por cérebros com conexões elétricas intactas.

A tarde principiava a refrescar, e ela começava a se sentir mais à vontade na sala obscurecida. Uma aragem trazia o perfume agradável do mar, seu cheiro adstringente e fresco.

As lembranças do passado já não incomodavam. A menina conseguira se libertar das mãos daquele ser repulsivo, que não se definia como homem ou mulher, como gente ou espírito. O ódio que a invadira, a sensação de impotência, todos os sentimentos negativos que a dominaram, tinham cedido no momento em que ela conseguira se libertar das garras abjetas. Muito digna, mas sem esconder sua revolta, recompôs sua roupa e se afastou, indiferente de pisar ou não nos desenhos cabalísticos, ou de derrubar objetos dispostos no chão. Olhou à sua volta com a cabeça erguida, sabendo que aquele não era seu mundo, e que ela não voltaria mais ali. Mas, em vez de desprezar aquela gente e seus ritos, como tinha sido seu primeiro instinto, teve pena. Uma pena imensa, visceral. Saiu do quarto, apanhou seu material na sala e saiu sem dar satisfações nem cumprimentar. Caminhou feito uma autônoma até a praia, e, sem se importar de encher os sapatos de areia, nem de estragar o uniforme, ficou sentada perto das ondas, procurando consolo.

Desejaria parar de pensar, interromper as conexões elétricas entre seus neurônios, deixar sua mente num vazio que não a comprometesse, não a culpasse, não permitisse a tortura de procurar em sua própria conduta os motivos para o comportamento do pai-de-santo. Seus desejos não foram atendidos, e ela continuou revivendo, assustada, cada minuto daquela sessão espírita a que nunca deveria ter comparecido. Controlando seu corpo, sua vontade, ela

161

finalmente se sentiu capaz de voltar para casa, antes que os pais estranhassem sua demora, ou a empregada, sempre tão sagaz, desconfiasse de alguma coisa.

A aragem fresca começou a aumentar, os cheiros do mar indicavam que um temporal se aproximava. Como se sentissem a eletricidade que carregava o ar, os membros do grupo se agitavam, perdiam a concentração e a placidez originais. O oficial reformado parecia prestes a explodir, em seu desejo de tomar a liderança e comandar aqueles espíritos que não compareciam, que não se manifestavam. Subitamente, como se algum sinal fosse dado, as pessoas abriram seus olhos, mexeram-se, levantaram-se quase todas ao mesmo tempo.

— O que foi que aconteceu? — perguntou baixinho à amiga.

— Shhh. Depois a gente fala. Vamos nos despedir para ir embora.

Obediente, seguiu a amiga, encabulada, sentindo-se completamente desajeitada e totalmente infeliz, suspeitando que era a culpada pela sessão não ter acontecido. Desceram no elevador, cheirando a mofo e a decrepitude. Na rua, o vento levantava poeira, folhas e papéis, criava redemoinhos que levantavam as saias e desmanchavam o cabelo dos passantes. Ela perguntou mais uma vez o que tinha acontecido, mas a amiga parecia ignorar o porquê do insucesso. Respondeu com um sorriso amarelo:

— A gente devia ter vindo na sexta. As sextas-feiras são mais poderosas.

Separaram-se, apressadas pelo temporal que se armava.

— Vamos combinar outro dia, então?

— Pode ser, depois a gente se fala — concedeu, mas sabia que não voltaria a outra sessão. Nem ali, nem em outro lugar qualquer. Esta tinha sido o fechamento necessário daquela sessão do passado. A confirmação de que agora não era mais vulnerável, e de que as lembranças podiam voltar sem tornar a feri-la.

Observou a amiga partindo apressada, fugindo da chuva. Sem se importar com as primeiras gotas que começavam a cair, sentou-se no banco de pedra da avenida, olhando para a portaria do edifício. As bochechas verdes, infladas, pareciam segurar o riso. O faxineiro continuava a polir as letras metálicas, apaixonadamente. E ela se perguntou, intrigada, com a atenção toda voltada para os dizeres da fachada:

— De onde tiraram o nome Parnaioca?

# Tatuado no braço

Na mesa do café-da-manhã, a situação era, no mínimo, estranha. Seu filho único, com uma camiseta velha e calções de banho, descalço, o cabelo despenteado, a barba loura começando a luzir no queixo, sorria com a expressão que aprendera a ostentar desde os treze anos, num misto de ternura e desafio. Ao seu lado a moça, com um corpinho jovem e delgado, mas de pele envelhecida e sem viço, olhos escuros, ainda com restos de uma maquiagem pesada e mal tirada. Ela vestia uma das camisas sociais de seu filho, aparentemente sem nada por baixo, as mangas displicentemente abertas e repuxadas para cima, caindo a cada movimento de seus braços. Nenhum dos dois parecia acanhado com a sua presença. Ela é que se sentia surpresa, desorientada. Sabia que isso um dia havia de acontecer, os costumes mais liberais, os perigos da violência, tudo contribuía para que os pais aceitassem a presença de namoradas para passar a noite. Ela, sempre liberal e antenada, não seria uma exceção. Só que aquela era a primeira vez que ele trazia alguém, e não se tratava de uma namoradinha que já freqüentasse a casa e um dia ficasse para dormir. Aquela devia ser uma "ficante". Alguém que talvez, no próximo dia, fosse substituído por outrem. Em outras circunstâncias ela nunca teria conhecido aquela jovem de pele doentia.

Martina não contava com essa hipótese. No entanto, não queria dar o braço a torcer, não podia mostrar que tinha sido apanhada de surpresa. Foi com um grande sorriso que beijou o filho e cumprimentou a moça:

— Lindo dia, não? A praia deve estar ótima. Já tomaram café? Zelita! Pode trazer meu suco. Vocês não querem suco? E um iogurte? É ótimo para a saúde, regulariza...

O filho interrompeu-a, deixando-a aliviada. Seu nervosismo fizera que ela fosse emendando uma frase na outra, sem tempo para respirar. Fazendo o gesto que os treinadores de basquete fazem para pedir tempo, o rapaz falou:

— Mãe, mãe, essa aqui é a Soraya. E a gente não quer nada, a Zelita já trouxe nosso café.

— Prazer, Martina. Só falei porque é importante um bom café-da-manhã, principalmente depois de sair à noite. Quando se bebe, é importante manter a hidratação. O álcool desidrata muito, por isso devemos tomar líquidos no dia seguinte, sucos, água de coco, ou apenas água já é o bastante.

Soraya olhava-a com olhos displicentes, enquanto ela embarcava outra vez numa sucessão de frases apenas para não deixar que o silêncio se instalasse na sala. Foi salva pela chegada da empregada, trazendo um suco de laranja e o bule de chá verde que se acostumara a tomar, levada pela promessa de ajudar a perder peso e a retardar o envelhecimento. Embarcou em nova peroração:

— Não quer um pouco de chá verde? É muito bom, tem antioxidantes.

Soraya olhava-a como se estivesse contemplando um quadro abstrato. Sua expressão vaga devia-se, talvez, a um sinal que ela ostentava logo acima da sobrancelha. Mas, não, não se tratava de um sinal, era talvez uma ferida, ou um cravo. Desviou o olhar, para não bancar a mal-educada. E policiava-se para não falar de novo em hidratação. A pele doentia da moça a estava deixando obcecada, mas sua boa educação havia de triunfar, ela não ia mais falar em antioxidantes, em saúde, em nada que pudesse ferir as suscetibilidades da moça ou de seu filho. Afinal, se ele a trouxera para casa, se ele dormira com ela, algum encanto ela devia ter para ele. E Martina queria descobrir o que é que Pedro vira nela. Tomou um gole de chá, e arriscou-se a olhar de novo para Soraya, tentando evitar o ponto acima da sobrancelha. Ao erguer os olhos, de relance, compreendeu de que se tratava. Um raio de sol iluminava o rosto da moça e provocava reflexos metálicos na suposta ferida. Aquilo que ela

ostentava era um *piercing*. Martina quase se engasgou com
o chá. Disfarçou:

— Está quente, quase me queimei.

Soraya pareceu se animar com a notícia. Um discreto
sorriso perpassou seus lábios, mas ela o apagou logo e manteve-se calada. Pedro, porém, advertiu:

— Cuidado, mamãe. Tome o suco primeiro, enquanto
o chá esfria.

E depois, mudando de assunto:

— Você vai almoçar com suas amigas hoje?

Martina encantou-se com o cuidado do filho. Sempre
se maravilhava quando ele mostrava preocupação com ela.
Tantos anos de cuidado e desvelo com aquele filho único,
tão amado, tão perfeito quanto possível entre os humanos.
Bonito, inteligente, adolescente rebelde na medida, depois
jovem universitário estudioso, já trabalhando antes mesmo
de terminar seu curso de matemática, contratado por uma
firma de investimentos interessada em financiar-lhe uma
pós-graduação em Harvard. Eles deviam saber bem que os
talentos matemáticos de seu filho iriam pagar altos rendi-
mentos para a firma. E ele ali na sua frente, preocupando-
se com ela. E ela, em vez de aceitar de braços abertos a escolha
dele, se postava ali a julgar a moça com olhos mesquinhos.
E daí que ela tivesse *piercing*? Era moda, e eles eram jovens,
gostavam de se sentir integrados no grupo. Foi com um
amplo sorriso que voltou a encarar a moça, sempre calada.

— Você estuda matemática?

Com ar de espanto, Soraya respondeu, admirada:

— Eu? Eu não. Sou publicitária.

Martina entendeu por que a moça era tão calada: tinha um pequeno defeito de pronúncia, língua presa, talvez. Ou um possível sotaque, avaliou. Afinal, Soraya era um nome árabe, quem sabe a moça não era de origem libanesa. Sorriu, lembrando-se de uma teoria de Jorge Amado, que dizia que no Brasil os árabes pobres eram turcos e, quando ascendiam socialmente, eram promovidos a libaneses. Ali em sua casa, apartamento na avenida Atlântica, ela só podia ser libanesa...

O silêncio que ela temia se instalou entre os três. Pedro lia as manchetes de jornal, Soraya olhava em torno, com ares vazios e entediados, só Martina sofria com a situação. Estendeu a cesta de pães para a moça, oferecendo:

— Já provou deste pãozinho com queijo? É uma delícia. Dá para comer assim, purinho, sem manteiga nem nada. Pegue um, está quentinho.

Soraya estendeu o braço para pegar um pão, e a manga da camisa que ela usava caiu, mostrando a pele de seu braço, azulada, manchada. Martina congelou-se olhando para o braço estendido, vendo-o recolher-se e desaparecer de seu campo visual, mas tendo ficado gravado para sempre em sua memória. Um braço tatuado. Não era um pequeno coração, ou uma borboleta, nem mesmo as iniciais de algum amor hoje esquecido. Era uma tatuagem enorme, da qual Martina só vira uma pequena parte, e de um único tom, azul-esverdeado, sem muita nitidez. Soraya perguntou:

— Gostou do meu dragão?

Pedro continuava com o jornal aberto como se estivesse lendo, mas Martina sabia que estava sendo observada pelo filho. Tinha que ter muito tato, não podia ser óbvia:

— Ah, é um dragão? Interessante. Ainda mais porque você é publicitária.

Sentiu que tinha conseguido prender a atenção dos dois:

— Na Antiguidade, algumas pessoas eram tatuadas como forma de chamar a atenção para si mesmas. — Como as prostitutas, pensou, mas continuou inocentemente: — Os herdeiros do trono eram tatuados ao nascer para que não fossem trocados por filhos de outros clãs, por exemplo. E os marinheiros, que corriam o risco de morrer no mar, ou de naufragarem e serem encontrados por pessoas que não os entendessem, traziam tatuagens como uma forma de identificação pessoal. Trata-se, talvez, do primeiro registro de "marca", não acha?

Soraya riu, Pedro abaixou o jornal e olhou as duas, satisfeito com o desenrolar da conversa.

— Hoje em dia pensam que tatuagem é coisa moderna, mas trata-se de uma forma de expressão muito antiga. Que tem um lado cruel, porém. A tatuagem foi utilizada para marcar escravos. E, mais recentemente, os nazistas tatuavam os prisioneiros dos campos de concentração.

Evitou continuar no assunto, preferiu abordar um lado mais poético do fato, um aspecto mais ameno:

— Alguns povos se utilizam das tatuagens e das pinturas corporais para suprir as deficiências da natureza.

— Como assim? — interessou-se Pedro.

— Os índios brasileiros acham que a natureza foi muito injusta com os seres humanos. Enquanto distribuiu aos pássaros e aos animais da floresta lindas plumagens e pelagens, com belas cores vibrantes, aos seres humanos deu apenas uma pele pardacenta e frágil, que eles se vêem na obrigação de pintar com corantes vivos e adornar com penas e outros objetos. No Taiti os nativos copiam os desenhos das conchas nos rostos e das folhagens nos corpos, mas lá é com a técnica da tatuagem mesmo.

— Interessante... — balbuciou Soraya, com sua maneira esquisita de falar.

— Entre os árabes, e alguns indianos, a tatuagem é coisa festiva. As noivas, por exemplo, recebem as pinturas de hena nas mãos e nos pés, o que as torna meio que sagradas, e atrai a boa sorte.

O filho provocou-a, seguro, agora, de que a mãe ia sair-se bem:

— As prostitutas também se tatuavam, não é?

— Nas civilizações orientais antigas, as mulheres que eram dedicadas a alguns rituais sagrados de prostituição tinham o corpo inteiramente tatuado com orações e sinais sagrados. Assim, os homens que as possuíssem estariam recebendo os benefícios daqueles sinais e das palavras mágicas que não podiam ser proferidas em voz alta, mas que podiam ser escritas nos corpos sagrados das mulheres.

Martina sabia-se triunfante. A refeição terminara, e ela passara no teste com louvor. Não apenas não deixara transparecer seu embaraço com a presença da moça naquela manhã de domingo, como conseguira escapar das armadilhas da modernidade do casal, socorrendo-se de um pouco de cultura geral e um pouco de uma imaginação fértil. Pedro levantou-se e foi para o quarto, seguido pela publicitária tatuada, que Martina esperava não ter que rever outra vez. Preferiria encontrar à sua mesa uma daquelas mocinhas louras, vestidas em tom pastel, com um discreto colar de pérolas e um *twin set* de *cashmere*, sonho de consumo de mães acalentadas por histórias hollywoodianas de final feliz.

O dia transcorreu sem outras surpresas. Pedro e sua acompanhante saíram e Martina não teve que encontrar mais ninguém naquele dia, nem mesmo as amigas, já que, estremecida pelo confronto matinal, havia abdicado de seus pequenos prazeres dominicais e se entregara apenas à leitura de jornais, revistas, e até mesmo de um livro, apesar de sua agitação. No fim do dia, Pedro voltou, sozinho.

— Conseguiu se safar, hein, dona Martina?

Ela acolheu a brincadeira do filho com um sorriso de olhos brilhantes e amorosos.

— Você acha? — disse, meio risonha, meio que duvidando da sinceridade do rapaz. — Olhe que eu não contava com visitas de manhã. Você podia ter sido mais discreto, ao menos me prevenir das suas intenções...

— OK, OK. Mas você me surpreendeu, mãe! Nunca pensei que aceitasse com tanta naturalidade as tatuagens.

Martina percebeu o abismo que se abria diante de si. Sentiu seu corpo todo se arrepiar, como ameaçado por um perigo. Seu cérebro não ousava formular o pensamento de forma completa, de medo de que seus temores se realizassem, ela aguardava o desenrolar da cena sem sequer se atrever a respirar.

— Se eu soubesse disso antes, já teria mandado fazer a minha há mais tempo.

Com o sorriso congelado no rosto, ela aguardou, enquanto o filho enrolava a manga da camisa. Rezou para que, ao menos, não se tratasse de um dragão desmesurado e impreciso como o da visitante matutina. Ela viu de longe, no antebraço esquerdo de seu filho, naquela parte macia e desprovida de pêlos que ela tanto adorava contemplar e beijar, um desenho não muito grande, e colorido, alegre, com umas letrinhas escritas. "Pelo menos, é discreto", pensou, tentando consolar-se. Pedro se aproximou, mas não muito, mantendo-se a uma distância segura.

— Gostou? Fiz especialmente para você.

Ela havia odiado, mas não pôde deixar de enternecer-se ao perceber que se tratava de um coração, muito vermelho, enquadrado por uma faixa onde estava escrito com letras rebuscadas: "AMOR DE MÃE É O MELHOR AMOR". Com voz sumida, resolveu ser sincera:

— É cafona, mas é lindo. — E uma lágrima gorda escorreu por sua face e molhou seus lábios, que nunca mais tocariam aquela pele imaculada e fresca sem serem perturbados pelo desenho inquietante. — E é edipiano, também. Logo você, filho de psiquiatra...

Pedro riu alto, despreocupado.

— É... isso é um prato cheio pras suas amigas, hein? — caçoou. — E agora, dona Martina? Será que *laser* de rubi dá jeito?

Ela suspirou, esperançosa.

— Parece que com *laser* de rubi isso sai, mas fica a cicatriz. Ah, meu filho... Não sei qual o menor mal.

Pedro abraçou-a, generoso:

— Uma boa esfregada com água e sabão também apaga, boba. Isso é tatuagem de criança, feita de tinta. Amanhã ou depois já se apagou — e deu-lhe um beijo longo, estalado, como nos tempos de criança. — Foi só brincadeira.

Martina segurou-lhe o braço e examinou o desenho. Agora que sabia que era uma brincadeira, teve coragem de examinar com atenção a tatuagem. Passou o dedo sobre a pele do filho, tão macia, mas não lhe deu o beijo costumeiro. Com a fricção, a pontinha do desenho começou a desaparecer. Sim, tudo estava bem, ela não tinha com que se preocupar. Ao se deitar, quando as luzes se apagaram, lembrou-se da tatuagem no braço do filho. Era uma brincadeira, e isso a tranqüilizava. Bem no fundo, porém, debaixo de muitos outros pensamentos, uma ideiazinha levantou a cabeça, tentadora, mas Martina a repudiou. "Nada disso. Melhor assim."

Este livro foi composto na tipografia
Elegant Garamond, em corpo 12/17, e impresso em
papel off-white no Sistema Digital Instant Duplex
da Divisão Gráfica da Distribuidora Record.